大家講堂

學術・民國選書

國語文學史

胡適／著

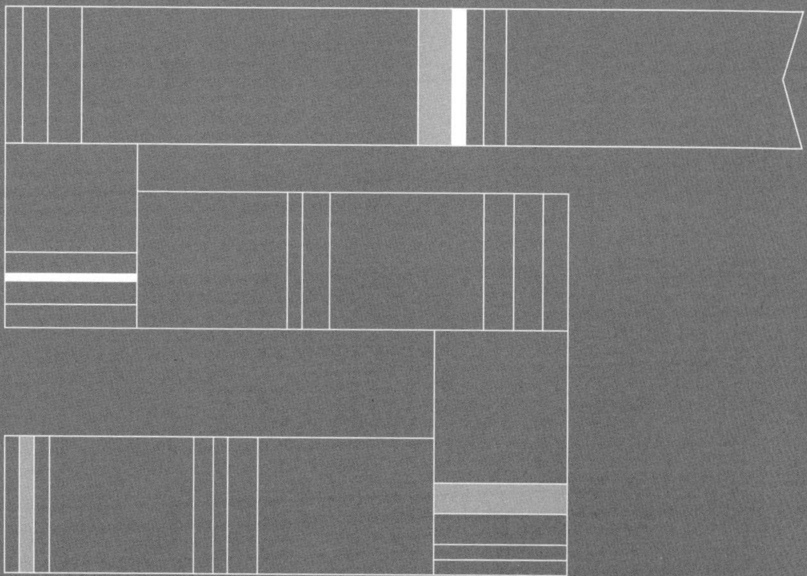

五南圖書出版公司 印行

學識之法門・智慧之淵藪

——序五南「大家講堂」

五南圖書陸續推出一套叢書叫「大家講堂」。這裡的「大家」，固然不是舊時指稱高門貴族的「大戶人家」，也不是用來尊稱漢代才女班昭「曹大家」的「大家」；但也包含兩層意義：一是指學藝專精，歷久彌著，影響廣遠的人物，如古之「唐宋八大家」，今之文學、史學、藝術、科學、哲學等等之「大家」或「大師」；二是泛指眾人，有如「大夥兒」。而這裡的「講堂」，雖然還是一般「講學廳堂」的意思，只是它已改變了實質的形式，既沒有講席，也沒有聽席；因爲這講席上的大師已經化身在書本之中，只要你打開書本，大師馬上就浮現在你眼前，對你循循善誘；而你自然的也好像坐在聽席上，悠悠然受其教誨一般。於是這樣的講堂，便可以隨著你無遠弗屆，無時不達。只要你有心向學，便可以隨時隨地學習，受益無量。而由於這樣的「講學廳堂」是由諸多各界大師所主持的講席，是大夥兒都可以入坐的聽席，所以是名副其實的「大家講堂」。

長年以來，我對於五南出版公司創辦人兼發行人楊榮川先生甚爲佩服。他行年已及耄耋，猶以學術文化出版界老兵自居，認爲傳播知識、提升文化是他矢志的天職。他憂慮網路資訊，擾亂人心，佔據人們學識、智慧、性靈的生活。使往日書香繚繞的社會，呈現一片紛亂擾攘的空虛。於是他親自策畫「經典名著文庫」，聘請三十位學界菁英擔任評議，自民國一〇七年，迄今已出版一一〇種。他卻發現所收錄之經典大多數係屬西方，作爲五千年的文化中國，卻只有孔孟老莊哲學十數種而已，實屬缺憾，爲此他油然又興起淑世之心，要廣設「大家講堂」，再度興起人們「閱讀大師」的脾胃，進而品會大師優異學識的法門，探索大師智慧的無盡藏。潛移默化的，砥礪切磋的，再度鮮活我們國民的品質，弘揚我們文化的光輝。

我也非常了解何以榮川先生要策畫推出「大家講堂」來遂他淑世之心的動機和緣故。我們都知道，被公認的大家或大師，必是文化耆宿、學術碩彥。他們著作中的見解，必是薈萃自己畢生的眞知卓見，或言人所未嘗言，或發人所未嘗發；任何人只要沾溉其餘瀝，便有如醍醐灌頂，頓時了悟；而何況含茹其英華！或謂大師博學深奧，非凡夫俗子所能領略，又如何能夠沾其餘瀝、茹其英華?是又不然,凡稱大家大師者,必先有其艱辛之學術歷程,而為創發之學說,而為建構之律則;但大師之學養必能將其象牙塔之成果,融會貫通,轉化為大眾能了解明白之語言例證,使人如坐春風,趣味橫生。

譬如王國維對於戲曲,先剖析其構成為九個單元,逐一深入探討,再綜合菁華要義,結撰為人人能閱讀的《宋元戲曲史》,使戲曲從此跨詩詞之地位而躐之,躋入大學與學術殿堂。魯迅和鄭振鐸也一樣,分別就小說和俗文學作全面的觀照和個別的鑽研,從而條貫其縱剖面、組織其橫剖面,成就其《中國小說史略》、《中國俗文學史》,使古來中國之所謂「文學」,頓開廣度和活色。又如胡適先生《中國古代哲學史大綱》,誠如蔡元培在為他寫的〈序〉中所言,他能夠先解決先秦諸子材料眞偽的問題。又能依傍西洋人哲學史梳理統緒的形式;因而在他的書裡,才能呈現出「證明的方法」、「扼要的手段」、「平等的眼光」、「系統的研究」等四種特長,要言不繁的導引我們進入中國古代哲學的苑囿,聆賞先秦諸子的大智大慧。

也因此榮川先生的「大家講堂」一方面要彌補其「經典名著文庫」的不足,便以收錄一九四九年以前國學大師之著作為主。凡其核心之學術代表著作,既為畢生研究之精粹,固在收錄之列;而其具有普世之意義與價值,經由大師將其精粹轉化為深入淺出之篇章者,其實更切合「大家講堂」之名實與要義，尤爲本叢書所要訪求。

記得我在上世紀八〇年代，也已經感受到「學術通俗化、反哺社會」的意義和重要，曾以此爲題，在《聯副》著文發表，並且身體力行，將自己在戲曲研究之心得，轉化其形式而爲文建會製作之「民間劇場」，使之再現宋元「瓦舍勾欄」之樣貌，並據此規畫「民俗技藝園」（今之宜蘭傳統藝術中心），作爲維護薪傳民俗技藝之場所，並藉由展演帶動社會及各級學校重視民俗技藝之熱潮，乃又進一步以「民俗技藝」作文化輸出，巡迴演出於歐美亞非中美澳洲列國，可以說是一個很成功的例證。近年我的摯友許進雄教授，他是世界甲骨學名家，其學術根柢之深厚、成就之豐碩無須多言，他同樣體悟到有如「大家講堂」的旨趣；乃以通俗的筆墨，寫出了《字字有來頭》七冊和《漢字與文物的故事》四冊，頓時成爲兩岸極暢銷之書。其《字字有來頭》還要出版韓文翻譯本。

已經逐步推出的「大家講堂」，主編蘇美嬌小姐說，爲了考量叢書在中華學識和文化上的意義和價值，因此其出版範圍先以「國學」，亦即以中國文史哲爲限。而以作者逝世超過三十年以上之著作爲優先。而在這裡我要強調的是：「大家」或「大師」的鑑定務須謹嚴；其著作最好是多方訪求，融會學術菁華再予以通俗化的篇章。如此才能眞正而容易的使「大家」或「大師」在他主持的「大家講堂」上，如「隨風潛入夜，潤物細無聲」的春雨那樣，普遍的使得那熱愛而追求學識的一大夥人，都能領略其要義而津津有味。而那一大夥人也像蜜蜂經歷繁花香蕊一般，細細的成就，釀成自家學識法門的蜜汁；而久而久之，許許多多大家或大師的智慧，也將由於那一大夥人不斷的探索汲取，而使之個個成就爲一己的智慧淵藪。我想這應當更合乎策畫出版「大家講堂」的遠猷鴻圖。

榮川先生同時還策畫出版「古釋今繹系列」和「中華文化素養書」做爲「大家講堂」的姐妹編，爲此使我更加感佩他堅守做爲「出版界老兵」的淑世之心。

曾永義序於台北森觀寓所

二〇二〇年元月二十九日晨

代序——致張陳卿、李時、張希賢等書

陳卿諸兄：

前回您來談及您和好幾十位同學打算集資把胡適之先生前幾年所編的《國語文學史》講義排印出來，恰巧有文化學社邵硯田先生願意承印，也好！可惜我補編的那些材料，因為事隔數年，再也找不出來了；僅僅找出來一些校訂的原講義，其中也略有幾處增補的，已經交給邵先生了。

他這本講義從漢魏六朝編到南宋為止，沒有頭尾，只是文學史的中段。他的初稿是民國十年（西元一九二一年）給教育部第三屆國語講習所編的。他寫到「天下之文章無有出《水滸傳》右者，天下之格物君子無出施耐庵先生右者！」正當十二月三十一日的夜半，這一年就與金聖歎的這兩句話同時完成，他還在講義稿上作了一個紀念。國語講習所是兩個月畢業的；過年後，不久就舉行畢業式，不但他的講義編不完，就是我的《國語文法》、《國語教學法》，還有錢玄同先生連編帶寫石印的《聲韻沿革》，也都是戛然中止。這已是五、六年前的事了，假使那時候的部章把國語講習所定為四個月，我想他這本書的工作一定完成了。

次年（西元一九二二年）三月，我在天津的直隸國語講習所講演，胡先生也前來，他在旅館裡把這本講義的章節次序移動了一些。那年十二月，教育部辦第四屆國語講習所，他又把它刪改了幾處——這就是現在的付印本。那年的國語講習所已成了強弩之末：各省派來的學員大不如前三屆之盛了，在京投考的也不多，教育部也漸漸地鬧窮了，從前的石印講義也改為油印了，現在你們付印的就是這種很不清楚的油印改訂本。自然，那時大家都沒有興致把各種講義繼續編完，這第四屆也就是教育部最末屆的國語講習所了。

自此以後，我在北京師範學校等處有時也講講國語文學史，就把他的改訂本再改訂增補了一些，印作臨時的講義，也始終沒有弄成一本首尾完備的書。我屢次向他提及，希望他自己花點工夫編成。但他的計畫改變了，打算編一本完全的中國文學史，不限於國語一方面。前年（西元一九二五年）夏天，我在中央公園看見他，問他《胡適文存二集》中，連那些《努力週報》的「這一周」專欄無關輕重的短評都收進去了，何以不在《國語文學史》中間挑選幾章精當的收進去？他才恍然，說當時沒有想到這一點。可見這本講義並非他稱心得意之作，所以自己不大注意；而我彌縫補苴的那些材料，更不過為一時教授上的便利之計，尤其不值得注意，所以到現在也就並無存稿。

但民國十二年（西元一九二三年）商務館也出了一本凌獨見先生的《新著國語文學史》，凌先生就是第三屆國語講習所畢業的，他曾寫信叫我作了一篇序（用注音字母寫的）；序中說：「他蒐集材料很不少，很足表示他讀書的勤快。」他自序也說他編這本書的目的是在勉勵自己讀書，這不過是一本「讀書錄」罷了。我倒贊成他這句話，所以，學校裡要教《國語文學史》的，想得到胡先生原來講義的還很多，即使是首尾不完全之本。只因沒有得到著作者的許可，書坊裡不敢出版；此次你們印作自己的參考講義，我想沒有什麼問題（似乎北大和師大都曾經油印過）。不過正式出版作為定本，就要等胡先生回國之後再說。

現在我索性把我對於國語文學史的見解和對於這本講義增刪參校的經過分成六個項目來寫在下面：

㈠秦以前（西元前二〇〇年以前）

這本講義不從秦以前編起，卻把漢魏六朝標作第一篇，當時沈兼士先生在《晨報副刊》上曾經提出抗議；後來凌先生的《新著國語文學史．自序》中也說，他和胡先生的意見大不相同，他是主張從唐虞編起的；我教這本書的時候，也曾經補編了好幾段秦以前的材料，大約就是《詩經》、《楚辭》之類和先秦諸子中雜有方言的一些詞句。現在一想，《國語文學史》斷自秦漢，在胡先生確有相當的理由。他開場幾句話就說明了：「我們研究古代文字，可以推知當戰國時候中國的文體已不能與語體一致了。」因為語文分歧，愈歧愈遠，所謂中國文學史者，只讓「文」的方面獨占了兩千多年，「語」方面的文學，簡直無人齒及，所以有特編《國語文學史》之必要；所以《國語文學史》要托始於語文初分歧之時代——戰國秦漢間——而語文未分歧以前和既合一以後就不一定劃入範圍；所以他第一篇第一章的標題是「古文是何時死的？」古文未死，便是國語；古文已死而祕不發喪，叫國語退匿民間，不得承襲「文統」，乃特編《國語文學史》，以發潛德之幽光，並且這是「文學革命」之歷史的根據，或者也含有一點「托古改制」的意味。

戰國秦漢之際，語文分歧，古文死了；那麼戰國以前，語文果然合一，古文果然是活著的嗎？鄙見以為不然。戰國以前，語文不但夠不上說合一，而且夠不上說分歧；後之所謂古文，在當時當然不以為「古」，但也說不上「活」——不是已「死」，乃是並不曾「活」。這種推定，完全是一種「唯物史觀」，很容易明白。第一，書契初興，只是一種極簡單的符號，其備忘表意的作用，比以前「結繩」的辦法不過略勝一籌，豈能把整套的語言曲曲傳出？說到語言，雖在太古，絕不會像這項符號的簡括：初民從習用的語言中，早已直接產生了文學，就是歌謠，但只能在口頭耳畔相欣賞，到後來才傳到竹帛上去。有些自然是偽造的，其不偽的，也一定失去本來語言的真面目；何況漢字這種符號，始終脫不了「結繩性」，是不能活潑地拼切古語、保留舊音的！即如《吳越春秋》（卷五）所載太古孝子作彈守屍的歌：「斷竹，續竹；飛土，逐宍（肉）。」據劉勰說，這歌起於黃帝之世（要是靠得住，可算歌謠之最古者，向來選錄古逸的也多把它冠首），是最早的一首「二言詩」；但現在調查各地歌謠，全首都是兩個字一句的實在不經見，並且唱起來的音節也不合式，所以明黃生批評劉氏「此言未知詩體」，以為「必四言成句，語脈緊，聲情始切；若讀作二言，其聲嘽緩而不激揚，恐非歌旨。」（見《義府》卷下）我想二言詩雖不是口裡所有，卻是紙上能有的。現有一個比例，我們家鄉湘潭地方，鄉間道路多未修，滿是黏土，民間為之謠曰：「落雨一鍋糟，天晴一把刀」。清光緒中，王闓運先生仿《漢書》重修《湘潭縣誌》，在「八志」中的《地理志》內引了這首歌謠，他老先生卻把它改為「雨糟，晴刀」兩句二言詩了！但湘潭人誰都知道是絕對的五言。近人所以要如此者，是求句法的簡古；前人所以要如彼者，也是求符號的簡省：原因固然不同，其求「簡」而不能密合語言則一，何況漢字這種符號，始終脫不了「結繩性」，比任何文字都要繁難，記載時的求簡，更是人性之常了。（《詩經》的《國風》雖是採自民間，可以入樂，我疑心有些不好念的四言篇章，也曾經受了當時詩人的斧削。）第二，上古時的「文房四寶」又是何等艱貴而笨拙啊！紙，最初用竹片和木板，「簡」、「策」、「簿」、「籍」字都從「竹」，「札」、「槧」字從「木」，「牘」、「牒」字從「片」，至今物換而字未改；直到春秋戰國間，才用縑帛（「竹帛」二字連書，始見《墨子．明鬼篇》和《韓非子．安危篇》）；至於「用樹膚麻頭及敝布魚網」創制的「蔡侯紙」，是西元一〇五年才得到政府的褒獎的（見《後漢書．蔡倫傳》）。筆呢，當初是用刀（但據王國維先生的考證，刀是削牘的，不是刻字的），「兔毛筆」相傳是秦蒙恬才創造的（見晉張華《博物志》）；墨是用真的「天然墨」——漆，後又發明一種石汁，到魏晉時才知道把漆煙松煤造成「墨丸」，在「凹心硯」上磨而貯之（見宋趙希鵠《洞天清錄集》——《四庫書目》作《洞天清錄》）。總之，從春秋到戰國，「百家爭鳴」，那些著述家卻都是伏在極矮的杌子上，拿一枝沒有兔毛嘴的小竹管，點著漆，在那貴重的縑帛上（或刨得很平滑的竹片或木板上）一筆一筆使勁地寫，現在想來真費錢！豈但費錢，且不免如金聖歎批《續西廂》的話，「費手，費飯，費壽」呢。那麼，省一句是一句，省一字算一字；改複詞為單詞，化散文成韻語，其動機不必在文學上，實是在經濟上。試想在這種情況之下，哪還能委婉曲折的寫出語文合一的東西來？「文房四寶」進化了，才夠得上有寫語體文的資格；後來印刷術也發明了，所以唐宋以後，文愈繁，書愈多；元明以來，可以產生那麼博大的長篇白話小說。近來鉛印石印的機器輸入了，所以每天能出四、五大張，幾萬份的報紙。語文合一，到此也就沒有物質上或經濟上的障礙了。然而這幾年語體文雖通行，卻還沒有打白話電報的例子（不費錢的駢文官電不在此例），可見語言和文學上的唯物史觀是不會錯的，而秦以前的語文不能合一與竹帛上不能有純粹的活文學也是無可疑的。

不得已而求其比較的接近活語言，又足以表達出一般平民的悲歡哀怨，來補充這個長時代的國語文學史，《風》詩，自然是很可寶貴，應該是首當其選的，這是北部和中部的民間文學；南部的就是《楚詞》，如《九歌》之類，也可入選。至於先秦諸子的學術文，和《左傳》、《戰國策》等記事文，雖不是純文藝，但多富於文學的趣味；文體雖不能與當時語言密合，但確是當時流行的一種普通文體，絕非秦漢以後勉強保持而強迫摹仿的死文學可比，而且所用的詞頭也大都是從當時語言中直接採取的；把它們算作近語的散文，實無不可。再往上推，《尚書》中的《盤庚》、《大誥》之類，也可說為上古的語體散文，這都可以補選作秦以前之材料的。

㈡漢魏六朝（第一篇，約西元前二〇〇年至西元六〇〇年，約八百年間）

中國實行「國字統一」的政策，在籌備「國語統一」之前兩千兩百年，主持者是秦始皇和李斯；中國實行「文體復古」的政策，也在提倡「文學革命」之前兩千一百年，主持者是漢武帝和公孫弘，這都是歷史上值得大書特書的事！秦皇漢武的這種功業，實在比那些併吞六國，置南海、桂林、象郡，通西南夷、通西域等，還要雄偉；而近幾年來這種運動，也實在比「五四運動」、「打倒帝國主義」等，其關係還要重大。本篇第一章特述秦皇漢武這兩件事，可謂史眼如炬。

自從漢武帝用通藝補官的制度，推行「古體散文」用作全國統一的應用文體，同時提倡一種最時新的美術文——從《楚詞》變化出來的「賦」，此後兩千餘年間，廟堂上都依著這個例演化許多貴族文學：所謂「國語文學」者，其源頭大都起自民間，大都是各時代從民間湧現出來的「反廟堂」的文學潮流，即如當漢初提倡「古體散文」和「詞賦」的時候，民間的「歌謠」和「五言詩」也在那裡蓬勃盛行，這是絕不受廟堂體制拘束的。最可怪者，它們的勢力很大：「趙代秦楚之謳」，漢武帝也不能不愛，甚至於特設一條採訪編制演習的衙門，叫做「樂府」，後來衙門的名稱竟化為這種民間文藝的名稱了。五言的《古詩十九首》以至《孔雀東南飛》等，大約都是民間之「謳」而經過當時好事的詩人之斧削的；斧削它，為的就是愛它，其動機和後來施耐庵（？）斧削羅貫中的《水滸傳》而成今本《水滸傳》，羅貫中斧削《三國平話》（日本內閣文庫所藏元建安虞氏至治新刊《全相平話》五種之一，最近有影印本）而成《按鑒演義三國英雄志傳》，毛宗崗又斧削羅書而成今本《三國演義》一樣。尤可怪者，它們的勢力更進一步居然可奪廟堂文學之席：五言詩到了漢末，進而至於六朝，遂成文人學士最典重和最流行的詩體；唐人的擬樂府，也不復視為民間之「謳」了。到此，五言詩和樂府的命運也就告終，民間又湧現別種體裁的文學潮流，轟騰澎湃的侵入廟堂了。這些關係和變遷，須合三四千年來繪成一圖，便能一目瞭然；這圖便算國語文學史的一個提綱挈要的引論，也算一個系統分明的目錄（在最近的過去，我曾制有一個《國語四千年來變化潮流圖》，內有一欄是表明文學潮流的，可參考）。

這講義的第一篇第一章，就是講「漢朝的平民文學」（西元前一〇〇年至西元二〇〇年，約三四百年間），所舉的例子不多；末段舉的《孔雀東南飛》，我教學生時，曾把全文分段補入（《羅敷行》本不長，原文也未全引，我也補足了）。第三章講「魏晉南北朝的平民文學」（西元二〇〇年至西元六〇〇年，約四百年間），這章比第二章編得有章法些，他把南朝的兒女文學和北朝的英雄文學分別得確有證據。《樂府詩集》裡所收梁《鼓角橫吹曲》六十五首和《木蘭詩》二首（《橫吹曲辭》五，第二十五卷），都是北方的民間文學，此外也可以分析一些出來：因為史家多把南朝當正統，所以那時一切都是以南統北的。這種南北不同的情趣和風格，直到最近的長篇小說還是如此；北派愛說英雄俠義，南派愛說才子佳人（可參考胡先生的《五十年來中國之文學》第九章和拙制《潮流圖》十九世紀欄）。這章原文對於《木蘭詩》也是節引，我也補足了。現在初級中學的國語科目，《孔雀東南飛》和《木蘭詩》大都是教過的（《木蘭詩》已有樂譜，中小學生都能唱），這講義中引入全文，多少也有方便之處。

㈢隋唐五代（第二篇，約西元六〇〇年至西元九六〇年，大約四百年間）

隋朝和秦朝一樣，年代太短，附作南北朝的收尾也可，提作唐朝的開篇也無不可，唐朝可算中國文學史的黃金時代了。單就民間文藝的影響看來，其勢力也特別的大，初期的七言絕句（五言不便唱，所以不如七言的流行），晚唐的詞，其潮流從民間侵入廟堂，簡直和漢魏的五言詩與樂府演了同樣的公式。印度佛教潮流從魏晉間起，一天一天的湧進來，晚唐禪宗的白話語錄，漸漸流行而為講學家書扎講義等應用文；民間歌謠和傳說故事等，經有名的文人修飾潤色而成為竹枝詞和短篇小說之類，後來竟收入他們專集的，也不在少數（從敦煌石室中發現的唐寫本民間文藝，還是未經文人修飾的，有一部分印在羅振玉先生的《敦煌零拾》和劉半農先生的《敦煌掇瑣》上輯中）。就說到「起八代之衰」的韓文公，他的「古文」也實在是「托古改制」；當時所謂為古文者，因為要和廟堂的駢體文為敵，故不得不再復古一點，拿《六經》、《語》、《策》、《史》、《漢》之文來作高壓式的對抗，其實韓柳等人之文又何嘗真做得和《六經》、《語》、《策》、《史》、《漢》等一樣呢？虛字的運用，語句的結構，多少受了些當時人們通用的語言的影響，這也不能不算民間的勢力了。到了五代十國，那些「皇帝詞人」，竟完全服從平民了（可參考拙制《潮流圖》第七世紀至第十世紀欄）。

這本講義第二篇的章法比前篇更好，他把向來批評唐詩的初、盛、中、晚四個時期由盛而衰的舊說完全翻案；就文學的原理和上文所說民間勢力的公式看來，確是顛撲不破的。第一章論「盛唐」，帶敘初唐（開國至武后時為初唐，西元六一〇年至西元七〇〇年，約八十年間；開元天寶時代為盛唐，西元七〇〇年至西元七五〇年，約五十年間）。第二章論「中唐的白話詩」，白居易和劉禹錫自然是強有力的證人。第三章論「中唐的白話散文」，其中有一個韻文、散文五條支路的變遷表，最宜注意；「禪宗語錄」就是在這個時候發達的（大約肅、代、德、憲、穆、武諸朝為中唐，西元七五〇年至西元八五〇年，一百年間）。第四章論「晚唐的白話文學」（宣宗以後至唐亡，西元八五〇年至西元九〇六年，約五十年間）。第五章論「晚唐五代的詞」（五代從西元九〇六年算至西元九七五年宋滅南唐止，約七十年間）。我教的時候，曾在五代的詞內，刪去他所引的荊南孫光憲的《浣溪沙》和南唐張泌的《江城子》，因為其中有過露的豔句，用在講堂上有時不大相宜，若給那些所謂「教育家」看見了，尤其覺得礙眼，只得割愛。仔細想來，前篇第三章所引的《子夜歌》、《讀曲歌》等，其中如「可憐烏臼鳥，強言知天曙，無故三更啼，歡子冒暗去」，這種豔體，為何不刪？再進一步說，若補選幾篇《詩經》如《召南》中的「舒而脫脫兮！無感我帨兮！無使尨也吠！」讀經的子弟們早已能脫口而出，為什麼兩千年來的教育家都不覺得礙眼呢？嗚呼噫嘻！我知之矣！這完全是由於古今語之不同；五代詞中用語和現代語快相近了，前乎五代五、六百年的「歡子」已經作古，便不如五代的「嬌姐姐」、「好哥哥」那麼「下流」，那麼礙眼；至於前乎南北朝一千年的《詩經》，其詞句非訓詁便不可曉，不管他講的是些什麼「下流話」，總不會礙眼的。總而言之，這叫做「掩耳盜鈴」罷了！然後嘆兩千五百年前的鄭子皮在國君和外賓宴會的席上高唱《野有死麕》的末章真不可及；古今人度量之相去一何遠哉！

㈣兩宋金元（第三篇，西元九六〇年至西元一三七〇年，約四百年間）

當五代時，中國四分五裂，戰亂相尋，但在中國的文化史、學術思想史和文學史上是一個絕大的關鍵；這並不是說那些「皇帝詞人」有這麼大的關係，乃是印刷術在那個時代由發明而推廣，便把那個時代劃為古今學的一條大鴻溝。近代古學大師，常說他唐以後書不讀；讀了，也並不據為典要。例如清朝的杭世駿要給漢朝揚雄的《方言》作續編，這當然要續到他自己的時代才是，但他的《續方言》中所蒐集的材料只到唐朝，因為唐代的典籍還可證古，宋以後便不古了；馬建忠仿「泰西葛郎瑪」撰《文通》，舉例也止於唐。這種風氣，起源於宋朝；宋人一切學術思想和文學，其風氣、旨趣，已和唐人大大的不同了。唐人雖尊古，卻不一定主張復古（除韓柳「古文」的旗號外），著述也不重考古，他們事事都具有時代性。宋人便以復古、考古為風尚；明明是印度化的「道學」，卻要推本於唐堯虞舜「十六字之心傳」（？）；唐顏元孫的《幹祿字書》把正體、通體、俗體三種並列，宋張有便非復古不可；魏張揖的《廣雅》是續《爾雅》的；宋陸佃的《埤雅》卻不敢說「續」《爾雅》而要「輔翼」《爾雅》了（但他還採了一些當時俗語，後來古學家卻大不謂然，到了明朝的《駢雅》、清朝的《別雅》等，更是專以考古為歸，全不具當時的時代性了），似此例證，不可勝舉。總之，由五代至北宋，是古學今學的大鴻溝；這個原因，我又要把「唯物史觀」來妄作解釋。常言道得好，「物以稀為貴」，寫本書不易成、不易得、不易多、不易傳。到了宋朝印刷術普及了，汗牛充棟之勢漸成，才覺得從前殘篇斷簡之可貴，尊古卑今、是古非今的心理，就此逐漸釀成。然而在文學方面，民間的勢力卻始終沒有受這種復古風氣的影響，且因書籍易得，教育較易普及之故，民間文學的內容和程度實在比從前高。講歷史故事的「平話」出來了，漸漸演變成幾十百卷的長篇小說，竟作了平民教育的重要工具。詞到兩宋，作家蜂起，雖因古典盛行而漸老死，但在北方又變出新花樣來，這便是「曲」：金朝董解元的《弦索西廂》，就是現今大鼓書的嚆矢；「小令」、「套數」的低唱高吟還不夠那時「平民的貴族」（如蒙古王公之類）的欣賞，便擴充為連唱帶做，一本四幕的「雜劇」，後來更演化成為好幾十齣雄偉繁縟的「傳奇」了。金、元時代的國語文學，是最能表現平民與文士合作的精神。這也是受了印刷術發達，使文化易於下逮並易於交換的影響（可參考拙制《潮流圖》第十一至十四世紀欄）。

可惜這講義的第三篇只把兩宋的詩、詞、語錄三種白話作品編次出來，這些都還是唐五代的潮流，有的濤勢方張，有的餘波未已；至於平話和金元的曲，還未述及，這講義便終止了。可是這第三篇的分量，竟占了全部講義的二分之一。第一章「緒論」，略述宋初的廟堂文學和古文運動；第二章「北宋詩」，他對於江西詩派也是一種翻案的批評；第三章「南宋的白話詩」，陸游等四大家實在比北宋的邵雍輩更趨重自然，真做到「作詩如說話了」；第四章「北宋的詞」，第五章「南宋的白話詞」，他對於詞家正宗的姜夔、吳文英輩，也下了翻案的批評。這五章都是他自己的改訂本，其中所引詩詞的例，比他原本的少些，我教的時候，因為材料已經不少，就沒有按原本補上。至於第六章「兩宋的白話語錄」，這次付排的油印改訂本中並沒有，是我按照第一次石印原本割截湊合的，因為這章所引北宋禪師克勤和宗杲兩家的語錄，固是絕妙的白話說理文，而南宋朱陸兩儒家的語錄，也是國語文學史中不可不舉例的。第七章「南宋以後國語文學的概論」，是原本的第十三講，在他的改訂本中已被刪去，我覺得這一講恰好可作這本未完的講義的結論，所以題作第七章，附於本編之末，於是《國語文學史》告終。

平話小說、小曲、戲劇，這講義中雖付闕如，但這第七章的起首一段說，這三門都是北方的出產品，有很精約的論斷。我再簡單的介紹幾本書作研究參考的材料：平話有《新編五代史平話》（武進董氏影刊本，這是後來歷史演義的起原），《京本通俗小說》（上海蟫隱廬《煙畫東堂小品》本，共七卷，這是後來不貫穿的章回體故事小說的起源），《三藏取經詩話》（羅振玉氏影印日本本，這是《西遊記》的藍本），《大宋宣和遺事》（《士禮居叢書》本，這是《水滸傳》的藍本），這四種確是宋代的「話本」，除《宣和遺事》有商務印書館排印本外，原本都得來不易，但近來商務館都排印了新式標點符號的單行本了；魯迅先生的《中國小說史略》第十二、十三兩篇是敘述宋元話本，和鄭振鐸先生的《文學大綱》第十六章「中國小說第一期」，都可參考。小令和套數有《朝野新聲太平樂府》（商務館《四部叢刊》影元刊本）和《陽春白雪》（南陵徐氏《隨庵叢書》本），前種較易得。雜劇有《元曲選》（商務館影印本，共一百種）。王國維先生的《宋元戲曲史》和《文學大綱》第十五章「中國戲曲的第一期」都是重要的參考品。——我用這本講義時所補選的材料都不見了，只記得每種都選了一些，例如《三藏詩話》選了〈人參果〉一段，便把《西遊記》的第二十四節附於後；《宣和遺事》選了〈生辰綱〉一段，也把《水滸傳》所記的節附於後。參考品如《宋元戲曲史》，便選了〈元劇之文章〉一章。現行國語教科書中知道選這項材料的還很少，只有商務館《新學制國語教科書》第六冊選了元睢景臣《漢高祖還鄉》的「套數」一篇，又《高中古白話文選》第二冊選了王實甫《西廂記》「雜劇」三出；「小令」中許多絕唱，竟還沒有選的。

㈤明清迄於民國九年（西元一三七〇年至西元一九二〇年，約五百五十年間）

這一期的民間文藝，卻真漸漸地形成現代的國語文學了。最要注意的是那幾本膾炙人口的長篇章回體白話小說；這講義第三篇第七章，也把明清六百年間小說的演進論了一個大概。胡先生對於那些有名的小說，其中十二本都有精心結撰的考證、序、傳、年譜等。我今略依時代臚列於下，以便參檢：

1. 吳承恩的《西遊記》（十六世紀）　有詳細的考證，附錄董作賓先生的《讀西遊記考證》，又胡先生的《後記》兩則（就印在亞東圖書館分段標點本的卷首；以下各篇都准此。本篇並收入《胡適文存二集》卷四）。

2. 施耐庵（？）的《水滸傳》（即七十回本，約十六世紀）有詳細的《考證》和《後考》（並收入《文存》卷三）。

3. 《征四寇》（即一百一十五回本《水滸傳》的第六十六回以後，約十七世紀）。

4. 陳忱的《水滸後傳》（十七世紀），將這兩本書的亞東本印在一起，題爲《水滸續集兩種》，他有一篇〈序〉（並收入《文存二集》卷四）。

5. 毛宗崗的《三國演義》（十七世紀）裡有〈序〉（並收入《文存二集》卷四），還有錢玄同先生的一篇〈序〉。

6. 曹霑的《紅樓夢》（十八世紀）裡有詳細的《考證》（並收入《文存》卷三），附錄蔡孑民先生的《石頭記索隱第六版自序》，又胡先生的《跋紅樓夢考證》兩篇（並收入《文存二集》卷四）。

7. 吳敬梓的《儒林外史》（十八世紀）裡有《傳》（並收入《文存》卷四）和《年譜》（並收入《文存二集》卷四）。

8. 李汝珍的《鏡花緣》（十九世紀一）中有詳明的《引論》（並收入《文存二集》卷四）。

9. 文康的《兒女英雄傳》（十九世紀）有〈序〉。

10. 石玉昆的《三俠五義》（十九世紀）有〈序〉。

11. 韓邦慶的《海上花列傳》（十九世紀）有〈序〉。

12. 劉鶚的《老殘遊記》（二十世紀）有〈序〉。

他這種考證工作和成績，可稱得上「前無古人」；我們把這些文章依次看完，足夠國語文學史中近代小說專史大部分的資料了。再把《中國小說史略》第十四篇以下作為參考，則除上列十二種以外之各類小說，都可得其來源去路。至於戲劇，從明初的「五大傳奇」經昆曲而變化到京調，材料可真不少；但還沒有較好的戲劇史，姑且參考《文學大綱》（明以來的戲曲總集和專集等，《文學大綱》每章後都附有書目，重要的都有，我這裡不介紹了）。小說戲劇之外，這一期再沒有特別出色的國語文學了；詩、詞、小曲、散文等，雖也間有使用國語、接近平民的，但都不及小說戲劇的清新和偉大。——中學教科書的現行國語文選本中，選到《水滸傳》、《三國志》、《西遊記》、《紅樓夢》、《儒林外史》、《鏡花緣》，以及《老殘遊記》、《文明小史》的，只有中華書局的《初級國語讀本》，商務館的《新學制國語教科書》和《高中古白話文選》三種。但選生存人白話作品的便多了。這是因為時代較古的白話詞頭沒有相當的詞書可查，注釋講解，都不容易，所以不敢多選。又《新學制國語教科書》第六冊，選了明施紹莘《花影集》中一篇《吟雪》的套數，高明《琵琶記》的《吃糠》一段，《六十種曲》中《牧羊記》的〈望鄉〉一段，王世貞《鳴鳳記》的〈寫本〉一段，在坊本中算較為特別的。

明清兩代到民國九年（西元一九二〇年）的五百五十年間，這本講義都付闕如，但最後的五十年，卻有一篇最適當的文章可以補入，就是胡先生的《五十年來中國之文學》（見《申報五十年紀念冊》，並收入《胡適文存二集》卷二），這是疑古的玄同先生提醒我的，我今就獻計給你們。他這篇是民國十一年（西元一九二二年）所作，從桐城派的「中興大將」曾國藩去世的那一年（西元一八七二年）敘述起。其中第九章評論北方的評話小說如《兒女英雄傳》、《七俠五義》等，和南方的諷刺小說如李寶嘉的《官場現形記》、《文明小史》，吳沃堯的《二十年目睹之怪現狀》、《九命奇冤》，劉鶚的《老殘遊記》等，可與《中國小說史略》第二十七、八兩篇參看。原文於李寶嘉、吳沃堯的事蹟不詳，《小說史略》稍詳；我偶爾得到一篇合傳，也一併送給你們做他倆事蹟的參考。第十章敘說民國六年（西元一九一七年）以後的文學革命運動和國語文學的成功，是很重要的一段歷史，不可不補入這講義的。

㈥民國九年（西元一九二〇年）以後

為什麼要在民國九年這一年做一截斷呢？因為這一年是四千年來歷史上一個大轉折的關鍵，政府竟重演了秦皇、漢武的故事。第一件事是，教育部正式公布《國音字典》，這和歷代頒行韻書著為功令的意味大不相同，這是遠承兩千兩百年前秦皇、李斯「國字統一」的政策進而成「國語統一」的，兩千兩百年來歷代政府對於「國語統一」一事絕不曾這樣嚴重的做過一次。第二件事是，教育部以明令廢止全國小學的古體文而改用語體文，正其名曰「國語」，這也和歷代功令規定取士文體的旨趣大不相同，這是把從兩千一百年前漢武、公孫弘輩直到現在的「文體復古」的政策打倒，而實行「文學革命」。兩千一百年來歷代政府對於文體從不敢有這樣徹底的改革，也不敢把語文分歧的兩條道路合併為一。自此以後，大眾文藝便得到相當的地位，文人學士也不須表面拒絕，暗地裡卻跟著走，像從前那樣的擺臭架子、戴假面具了；古典文學也得到相當的地位，文人學士更不須再像從前要受那種嚴酷的限制，可以自由發展、自由創作了。國語文學史說到這裡，才算進入正軌；第一，有全國統一的標準語，不與方言發生轇轕，而方言文學的發展也能不違乎自然；第二，音標文字創造出來了，有委婉曲折以表現語言之美的可能，而漢字所范成的過去文學，仍自保存其優美的特點；第三，文學有社會化的趨勢，民眾的國語程度可以提高，欣賞文學的能力自然加大，於是文學不復為少數文人學士所壟斷，而少數文人學士仍得發展其天才與學力而成稀有的作家。這三點都是民國九年以前的國語文學史中絕對不能有的，所以民國九年這年要算是開一新紀元了。

民國九年到現在，不過六、七年工夫，國語文學界種種進行的事實，都在眼前，不用舉證，我的意見也就寫到這裡為止了（若要得到最近的一個概觀，也可參考拙制《潮流圖》的二十世紀一欄）。

我想這本講義的原稿既不是很清楚的油印本，我的校訂本也寫得一塌糊塗，印刷局的校對先生們又大都不免「低能」，恐怕要錯得不可究詰；末校還是由您自己擔任為妥，否則勘誤表是很要緊的。

聽說胡先生在歐洲行蹤無定，不久便要赴美，我寫給他的信也就可以不發了。好在本年上半年他是要回國的，見面時再替你們報告也行。所印份數不可太多，讓文化學社能收回紙張印刷費即可。

春祺！

黎錦熙

二月十六（元宵節），十六年（一九二七）

目錄

第一篇

漢魏六朝的平民文學

第一章　古文是何時死的？

我們研究古代文字，可以推知當時戰國時代中國的文體已不能與語體一致了。戰國時，各地的方言已很不統一。孟軻說：

有楚大夫于此，欲其子之齊語也，則使齊人傅諸？使楚人傅諸？

曰：「使齊人傅之。」

曰：「一齊人傅之，眾楚人咻之，雖日撻而求其齊也，不可得矣。引而置之莊嶽之間數年，雖日撻而求其楚，亦不可得矣。」

《孟子》書中又提及「南蠻鴃舌之人」，也是指楚人。又《韓非子》：「鄭人謂玉未理者璞，周人謂鼠未臘者璞。」可見當時各地方言已很不相同。方言不同但當時文字上的交通卻甚繁甚密，可見文字與語言已不能不分開了。

戰國時文體與語體已分開，故秦始皇統一中國時，有「同文書」的必要。《史記》記始皇事，屢提及「同書文字」（《琅琊石刻》）、「同文書」（《李斯傳》）、「車同軌，書同文字」（《始皇本紀》）。後人往往以爲秦「同文書」不過是字體上的改變。但我們看當時的情勢，和李斯的政治思想，可以知道當日「書同文」必不止於字體上的改變，而是想用一種文字作爲統一的文字；因爲要做到這一步，故字體的變簡也是一種必要。

《史記》描寫人物時，往往保留一兩句方言，例如漢高祖與陳涉的鄉人所說的話。《史記》引用古文，也往往改作當時的文字。當時疆域日廣，方言自然也更多。我們翻開揚雄的《方言》，便可想見當日方言的差異，例如《方言》的第三節云：

> 娥，嬿，好也。秦曰娥，宋魏之間謂之嬿；秦晉之間，凡好而輕者，謂之娥。自關而東，河濟之間謂之媌，或謂之姣。趙魏燕代之間曰姝，或曰妦。自關而西，秦晉之故都曰妍。好，其通語也。

「通語」二字屢見於《方言》全書中，即是當時最普通的話。值得注意的是第十二節如下：

敦，豐，厖，夼，憮，般，嘏，奕，戎，京，奘，將，大也。凡物之大貌曰豐。厖，深之大也。東齊海岱之間曰夼，或曰憮。宋魯陳衛之間謂之嘏，或曰戎。秦晉之間，凡人之大謂之奘，或謂之壯。燕之北鄙，齊楚之郊或曰京，或曰將。皆古今語也，初別國不相往來之言也。今或同；而舊書雅記，故俗語不失其方，而後人不知，故爲之作釋也。

由此可見一統之後，許多方言上的怪癖之處漸漸被淘汰了，故曰「今或同」。但這種語言上的統一，終究只限於一小部分，故揚雄當漢成帝時常常拿著一管筆、四尺布，去尋「天下上計孝廉，及內郡衛卒會者」，訪問他們各地的異語，作成十五卷《方言》。

既然當時的方言如此不統一，「國語統一」自然是做不到的。故當時的政府只能用「文言」來作全國交通的媒介。漢武帝時，公孫弘做丞相，其奏曰：

……臣謹案詔書律令下者，明天人分際，通古今之義，文章爾雅，訓辭深厚，恩施甚美。小吏淺聞，弗能究宣，無以明布諭下。治禮次治掌故，以文學禮義爲官，遷留滯。請選擇其秩比二百石以上，及吏百石通一藝以上，補左右內史、大行卒史；比百石已下，補郡太守卒史：皆各二人，邊郡一人。先用誦多者，若不足，乃擇掌故補中二千石屬；文學掌故補郡屬，備員。請著功令。

——《史記》（中華書局一九五九年版改）、《漢書．儒林傳》參用

可見當時不但老百姓看不懂那「文章爾雅」的詔書律令，就是那班小官也未必。這可知古文在那個時候已成了一種死文字了。所以，政府不得不想出一種政策，叫各郡縣挑選可以造就的少年人，送到京師讀書一年，畢業之後，補「文學掌故」缺（也見〈儒林傳〉）。又把這些「文學掌故」放到外任去做郡國的「卒史」與「屬」。當時的太學，武帝時只有博士弟子五十人，昭帝加至百人，宣帝加至二百人，元帝加至千人，成帝加至三千人。凡能通一經的，都可免去徭役，又可做官，做官資格是「先用誦多者」。這樣的提倡，自然把古文的智識傳播到各地了。從此以後，政府都只照樣提倡，各地方的人若想做官，自然是不能不讀古書，自然不能不作那「文章爾雅」的古文。

這個方法——後來叫做科舉，——眞是保存古文的絕妙方法。皇帝只需下一道命令，定一種科舉的標準，四方的人自然會開學堂，會把子弟送去讀古書，作科舉的文章。政府可以不費學校經費的一個錢，就可以使全國少年的心思精力都歸到這一條路去。漢武帝到現在，足足兩千年，古體文的勢力也就保存了足足的兩千年。元朝把科舉停了近八十年，白話文學就開始蓬勃地發展；科舉回來了，古文的勢力也回來了，直到現在，科舉廢了十幾年了，國語文學的運動方才起來。科舉若不廢止，國語的運動絕不能這樣容易勝利。這是我從兩千年的歷史裡所得來的一個保存古文的祕訣。

科舉的政策把古文保存了兩千年，這固然是國語文學的大不幸。但我們平心而論，這件事也未嘗沒有絕大好處。中國的民族自從秦漢以來，土地漸漸擴大，吸收了無數的民族。中國的文明在北方征服了匈奴、鮮卑、拓跋、羌人、契丹、女眞、蒙古、滿洲，在南方征服了無數小民族，從江浙到湖廣，從湖廣到雲貴。這個開化的事業，不但遍於中國本部，還推廣到高麗、日本、安南等國。這個極偉大開化的事業，足足花了兩千年。在這兩千年之中，中國民族拿來開化這些民族的材料，只是中國的古文明。而傳播這個古文明的工具，在當日不能不靠古文。故我們可以說，古文不但做了兩千年中國民族教育自己子孫的工具，還做了兩千年中國民族教育裡無數民族的工具。

這件事業的偉大，在世界史上沒有別的比例。只有希臘羅馬的古文化，靠著拉丁文做教育的工具，耗時一千年，開化北歐的無數野蠻民族：只有這一件事可以說是有同等的偉大。這兩件事，——中國古文明開化亞東，與歐洲古文明開化歐洲，——是世界史上兩件無比的大事。但是有一個大不同之點，在於歐洲各民族從中古時代躍起時，雖然還用拉丁文做公用的文字，但是不久義大利就有國語文學了，之後法國、英國、西班牙、德國也有國語文學，而北歐、東歐各國也都有國語文學了；拉丁文從此「作古」。何以中國古文的勢力能支持兩千年之久？何以中國的國語文學到今日方才成爲有意義的運動呢？

我想，這個問題有兩個答案：第一，歐洲各種新民族從開化時代躍起的時候，神聖羅馬帝國早已無力支撐，無有能力統一全歐了，故歐洲分爲許多獨立小國，而各國的國語文學能自由發展。但中國自從漢以後，分裂的時間很短，統一的時間極長，故沒有一種方言能有採用作國語的機會。第二，歐洲人不曾發明科舉的政策，況且沒有統一的帝國，統一的科舉政策也不能實行。由於拉丁文沒有科舉的維持，故很早消失。中國的古文有科舉的維持，故能保存兩千年的權威。

中國自元朝南北統一後，六百多年不再分裂；況且科舉的制度自明太祖以來，五百多年不曾停止。在這個絕對的權威之下，應該不會有國語文學的發生。做白話文學的人，不但不能拿白話文來應考求功名，有時還不敢令人知道他曾作過白話的作品。故《水滸傳》、《西遊記》等書的作者至今無人知道。白話文學既不能求實利，又不能得虛名，而無數的白話文學作家只因爲實在忍不住那文學的衝動，和瞧不起那不中用的古文，寧可犧牲功名富貴和一時的榮譽，勤懇地替中國創作了許多的國語文學作品。政府的權力，科第的引誘，文人的毀譽，都壓不住這一點國語文學的衝動。這不是國語文學史上最純潔、最光榮的一段歷史嗎？

另外，中國的統一帝國與科舉制度維持了兩千年的古文勢力，使國語文學遲至今日方才能正式成立，這件事於國語本身的進化也有一種間接的好影響。因爲國語經過兩千年的自由進化，不曾受文人學者的干涉和太早熟的寫法與規定，故國語的文法越變越簡易，越變越方便，就成了一種全世界最簡易、最有理的文法。古人說：「大器晚成」，我不能不拿這四個字來恭賀我們的國語了！

第二章　漢朝的平民文學

因爲中國政府用科舉來推行古文是漢武帝時才嚴格規定的，故我們就從這個時代講起。中國的古體文學到漢武帝時才可以說是規模大定。司馬遷的《史記》爲後代散文的正宗；司馬相如等的辭賦，上承《楚辭》，下開無數賦家，枚乘、李陵、蘇武等的詩歌，上承《三百篇》，下開無數詩家。故我們可以說古體文學的規模從此大定。

但司馬遷、司馬相如、枚乘一班人規定的只是廟堂文學與貴族文學。廟堂文學之外，還有田野文學；貴族文學之外，還有平民文學，我且舉司馬遷的外孫，楊惲的話一段來說明當日這種民間文學的存在：

> ……田家作苦，歲時伏臘；烹羊炰羔，斗酒自勞。家本秦也，能爲秦聲。婦趙女也，雅善鼓瑟。奴婢歌者數人。酒後耳熱，仰天拊缶而呼烏烏。其歌曰：

田彼南山，蕪穢不治。
種一頃豆，落而為萁。
人生行樂耳！須富貴何時！
是日也，拂衣而喜，奮袖低卬，頓足起舞。

這裡所寫的環境，是和廟堂文學不相宜的。這種環境裡產生的文學自然是民間的白話文學。那無數老百姓的喜怒悲歡，絕不是那《子虛》、《上林》的文體所表達得出的。他們到了「酒後耳熱，仰天拊缶」、「拂衣而喜，頓足起舞」的時候，自然會有白話文學出來。還有痴男怨女的歡腸熱淚，征夫棄婦的生離死別，刀兵苛政的痛苦煎熬，都是產生平民文學的始祖。廟堂文學可以取得功名富貴，但說不出老百姓的悲歡哀怨；不但不能引出老百姓的一滴眼淚，竟不能引起普通人的開口一笑。因此，廟堂文學儘管時髦，儘管勝利，終究沒有「生氣」和「人的意味」。兩千年的文學史上，之所以能有一點生氣和人味，全靠那無數老百姓和無數老百姓所代表的平民文學在那裡打底子。

和楊惲同時期的王褒，是司馬相如的同鄉。王褒是宣帝時作廟堂文學的好手。但是他想要作一點帶有人味的文學，就不能不做白話了。他有一篇《僮約》（最好是用《續古文苑》本），是一篇很滑稽的文字。我摘抄如下：

蜀郡王子淵，以事到湔，止寡婦楊惠舍。惠有夫時奴，名便了。子淵倩奴行酤酒，便了拽大杖。上夫塚巔曰：「大夫買便了時，但要守家，不要爲他人男子酤酒。」子淵大怒曰：「奴寧欲賣耶？」惠曰：「奴大忤人，人無欲者。」子淵即決買券云云。奴復曰：「欲使皆上券；不上券，便了不能爲也。」子淵曰：「諾」。

以上是這篇文章的題目。這個題目便不能用王褒《聖主得賢臣頌》的文體來做。券文如下：

神爵三年（西元前五十九年）正月十五日，資中男子王子淵從成都安志里女子楊惠買亡夫時戶下髯奴便了，決賈萬五千。奴當從百役使，不得有二言：晨起早掃，食了洗滌；居當穿臼縛帚，裁罕鑿鬥；……織履作麤，黏雀張烏，結網捕魚，繳雁彈鳧，登山射鹿，入水捕龜。……舍中有客，提壺行酤；汲水作餔，滌杯整案。園中拔蒜，斷蘇切脯。……已而蓋藏，關門塞竇；餵豬縱犬，勿與鄰里爭鬥。奴但當飯豆飲水，不得嗜酒，欲飲美酒，唯得染唇漬口，不得傾盂覆鬥。不得晨出夜入，交關伴偶。舍後有樹，當裁作船，上至江州，下到湔主；……往來都洛，當爲婦女求脂澤，販於小市，歸都擔枲；轉出旁蹉，牽犬販鵝，武都買茶，楊氏擔荷。（楊氏，池名，出荷。）……持斧入山，斷輮裁轅；若有餘殘，當作俎幾木屐，及犬彘盤。……日暮欲歸，當送乾柴兩三束。……奴老力索，種莞織席；事訖休息，當舂一石，夜半無事，浣衣當白。……奴不得有奸私，事事當關白。奴不聽教，當笞一百。

讀券文適訖，詞窮咋索，仡仡叩頭，兩手自搏，目淚下落，鼻涕長一尺。「審如王大夫言，不如早歸黃土陌，蚯蚓鑽額。早知當爾，爲王大夫酤酒，眞不敢作惡。」

這篇文章所以能使人開口一笑，全靠他把廟堂文學的架子完全收起，故能做出「目淚下落，鼻涕長一尺」的平民文學。

但是漢朝白話文學的最重要部分還是那些無名詩人的詩歌（參看丁福保編印的《全漢詩》卷三和卷四）。我們的時間有限，不能多舉例，只能舉一些最有文學價值的作品。我先舉一首如下：

上山採蘼蕪，下山逢故夫。長跪問故夫：「新人復何如？」「新人雖言好，未若故人姝。顏色類相似，手爪不相如。」「新人從門入，故人從閤去。」「新人工織縑，故人工織素；織縑日一匹，織素五丈餘。將縑來比素，新人不如故。」

這一首詩用八十個字寫出一家夫婦三口的情形：寫的是那棄婦從山上下來碰見她的故夫的幾分鐘談話，但是那一家三個人的性情與歷史都寫出了，這眞是絕妙的文學手腕。我再舉一首詩，也是無名的：

十五從軍征，八十始得歸。道逢鄉里人，「家中有阿誰？」「遙望是君家，松柏冢纍纍。」兔從狗竇入，雉從梁上飛。中庭生旅穀，井上生旅葵。——舂穀持作飯，採葵持作羹。羹飯一時熟，不知貽阿誰。出門東向望，淚落沾我衣。

這眞是感人的平民文學。

漢朝的「樂府」裡，有許多絕好的白話文學和許多長短句的歌行，更是感人。我舉《孤兒行》作一代表如下：

孤兒生。孤子遇生，命獨當苦。父母在時，乘堅車，駕駟馬。父母已去，兄嫂令我行賈；南到九江，東到齊與魯。臘月來歸，不敢自言苦。頭多蟣虱，面目多塵。大兄言辦飯，大嫂言視馬，上高堂，行取殿下堂，孤兒淚下如雨。使我朝行汲，暮得水來歸，手爲錯，足下無菲。愴愴履霜，中多蒺藜。拔斷蒺藜，腸肉中，愴欲悲，淚下渫渫，清涕累累。冬無複襦，夏無單衣。居生不樂，不如早去，下從地下黃泉。春氣動，草萌芽。三月蠶桑，六月收瓜。將是瓜車，來到還家。瓜車反覆，助我者少，啗瓜者多。願還我蒂！兄與嫂嚴，獨且急歸，當與校計。

亂曰：「里中一何譊譊！願欲寄尺書。將與地下父母，兄嫂難與久居。」

這種悲哀的文學，雖是非常樸素，但因爲非常眞實，故是田野文學中的無上上品。此外，還有《陌上桑》一首，也是漢朝民間文學中的佳作。後來有許多詩人做此題時，極力模仿，總沒有一首比得上原著的。這首詩的前一段寫羅敷出去採桑，接著寫羅敷的美麗：

日出東南隅，照我秦氏樓。秦氏有好女，自名爲羅敷。
羅敷善蠶桑，採桑城南隅。青絲爲籠系，桂枝爲籠鉤。
頭上倭墮髻，耳中明月珠；緗綺爲下裙，紫綺爲上襦。
行者見羅敷，下擔捋髭須。少年見羅敷，脫帽著帩頭。
耕者忘其犁，鋤者忘其鋤；來歸相怨怒，但坐觀羅敷。

這種天眞爛漫的寫法，絕不是曹植一行人所能模仿的。下文寫一位過路的官人要調戲羅敷，她則謝絕的回答：

使君從南來，五馬立踟躕。使君遣吏往，問是誰家姝。

「秦氏有好女，自名爲羅敷。」「羅敷年幾何？」「二十尚不足，十五頗有餘。」使君謝羅敷：「寧可共載不？」羅敷前置辭：「使君一何愚！使君自有婦，羅敷自有夫。」

底下內容完全描寫他的丈夫：

東方千餘騎，夫婿居上頭。何用識夫婿？白馬從驪駒，
青絲繫馬尾，黃金絡馬頭；腰中鹿盧劍，可值千萬餘。
十五府小史，二十朝大夫，三十侍中郎，四十專城居。
爲人潔白晳，鬑鬑頗有須。盈盈公府步，冉冉府中趨。
坐中數千人，皆言夫婿殊。

這也是天真爛漫的寫法，並不是尊重名教的理學先生寫法。

漢朝民間文學的最大傑作自然是《孔雀東南飛》一篇。這一篇寫的是漢末廬江小吏焦仲卿夫妻的悲劇，凡三百五十三句，一千七百六十五個字，乃是中國文學史上一首最偉大的詩。原文雖長，不能不全舉來分段如下：

首段寫婆媳不能和平相處，於是婆婆要趕走媳婦：

孔雀東南飛，五里一徘徊。——「十三能織素，十四學裁衣，十五彈箜篌，十六誦詩書，十七爲君婦，心中常苦悲。君既爲府吏，守節情不移，賤妾留空房，相見常日稀。雞鳴入機織，夜夜不得息。三日斷五匹，大人故嫌遲。非爲作織遲，君家婦難爲。妾不堪驅使，徒留無所施。便可白公姥，及時相遣歸。」

次寫兒子來說情，婆婆不答應：

府吏得聞之，堂上啓阿母：「兒已薄祿相，幸復得此婦，結髮共枕席，黃泉共爲友，共事二三年，始爾未爲久。女行無偏斜，何意致不厚？」阿母謂府吏：「何乃太區區！此婦無禮節，舉動自專由，吾意久懷忿，汝豈得自由。東家有賢女，自名秦羅敷，可憐體無比，阿母爲汝求，便可速遣之，遣去愼莫留。」

府吏長跪告，伏惟啓阿母：「今若遣此婦，終老不復取。」阿母得聞之，槌床便大怒：「小子無所畏，何敢助婦語！吾已失恩義，會不相從許。」

上述的描寫法很好，到今日仍可適用。接著是兩口子作商量：

府吏默無聲，再拜還入户，舉言謂新婦，哽咽不能語。「我自不驅卿，逼迫有阿母！卿但暫還家，吾今且報府；不久當歸還，還必相迎取。以此下心意，愼勿違吾語！」新婦謂府吏：「勿復重紛紜。往昔初陽歲，謝家來貴門，奉事循公姥，進止敢自專，晝夜勤作息，伶俜縈苦辛，謂言無罪過，供養卒大恩，仍更被驅遣，何言復來還？妾有繡腰襦，葳蕤自生光；紅羅複斗帳，四角垂香囊；箱簾六七十，綠碧青絲繩；物物各自異，種種在其中，人賤物亦鄙，不足迎後人，留待作遣施，於今無會因！時時爲安慰，久久莫相忘。」

再來是蘭芝和她婆婆告別：

雞鳴外欲曙，新婦起嚴妝，著我繡裌裙，事事四五通。足下躡絲履，頭上玳瑁光；腰若流紈素；耳著明月璫；指如削葱根；口如含朱丹；纖纖作細步，精妙世無雙。上堂謝阿母，母聽去不止。「昔作女兒時，生小出野里，本自無教訓，兼愧貴家子，受母錢帛多，不堪母驅使，今日還家去，念母勞家裡！」卻與小姑別，淚落連珠子。「新婦初來時，小姑始扶床；今日被驅遣，小姑如我長，勤心養公姥，好自相扶將，初七及下九，嬉戲莫相忘！」出門登車去，涕落百餘行。

之後是兩口子互相告別：

府吏馬在前，新婦車在後，隱隱何甸甸，俱會大道口。下馬入車中，低頭共耳語：「誓不相隔卿，且暫還家去，吾今且赴府，不久當還歸。誓天不相負！」新婦謂府吏：「感君區區懷。君既若見錄，不久望君來。君當作磐石，妾當作蒲葦；蒲葦紉如絲，磐石無轉移。我有親父兄，性行暴如雷，恐不任我意，逆以煎我懷。」舉手長勞勞，二情同依依。

再來是蘭芝回到母親家：

入門上家堂，進退無顏儀。阿母大拊掌：「不圖子自歸！十三教汝織，十四能裁衣，十五彈箜篌，十六知禮儀，十七遣汝嫁，謂言無誓違。汝今何罪過，不迎而自歸？」「蘭芝慚阿母，兒實無罪過。」阿母大悲摧。

之後縣令家來說媒：

> 還家十餘日，縣令遣媒來，云：「有第三郎，窈窕世無雙，年始十八九，便言多令才。」阿母謂阿女：「汝可去應之。」阿女含淚答：「蘭芝初還時，府吏見丁寧，結誓不別離；今日違情義，恐此事非奇；自可斷來信，徐徐更謂之。」阿母白媒人：「貧賤有此女，始適還家門，不堪吏人婦，豈合令郎君？幸可廣問訊，不得便相許。」

接著郡太守遣丞來說媒，其兄貪圖富貴，逼著蘭芝答應了：

> 媒人去數日，尋遣丞請還，說有蘭家女，丞籍有宦官，云：「有第五郎，嬌逸未有婚，遣丞為媒人，主簿通語言」，直說：「太守家，有此令郎君。既欲結大義，故遣來貴門。」阿母謝媒人：「女子先有誓，老姥豈敢言。」阿兄得聞之，悵然心中煩，舉言謂阿妹：「作計何不量！先嫁得府吏，後嫁得郎君，否泰如天地，足以榮汝身，不嫁義郎體，其往欲何云？」蘭芝仰頭答：「理實如兄言。謝家事夫婿，中道還兄門，處分適兄意，那得自任專。雖與府吏要，渠會永無緣！登即相許和，便可作婚姻。」

次寫媒人去後的一段情形，甚爲有趣：

媒人下床去，諾諾複爾爾，還部白府君：「下官奉使命，言談大有緣。」府君得聞之，心中大歡喜，視曆復開書：便利此月內，六合正相應。「良吉三十日。今已二十七，卿可去成婚。」交語速裝束，絡繹如浮雲。青雀白鵠舫，四角龍子幡，婀娜隨風轉；金車玉作輪，躑躅青驄馬，流蘇金縷鞍；齎錢三百萬，皆用青絲穿。雜彩三百匹，交、廣市鮭珍。從人四五百，鬱鬱登郡門。

這一段寫得非常熱鬧，再來便是悲劇了。首先先寫蘭芝的悲哀：

阿母謂阿女：「適得府君書，明日來迎汝，何不作衣裳？莫令事不舉！」阿女默無聲，手巾掩口啼，淚落便如瀉。移我琉璃榻，出置前窗下。左手持刀尺，右手執綾羅；朝成繡裌裙，晚成單羅衫；晻晻日欲暝，愁思出門啼。

次寫仲卿途中相會，「生人作死別」：

府吏聞此變，因求假暫歸。未至二三里，摧藏馬悲哀，新婦識馬聲，躡履相逢迎，悵然遙相望，知是故人來。舉手拍馬鞍，嗟歎使心傷。「自君別我後，人事不可量，果不如先願，又非君所詳。我有親父母，逼迫兼弟兄，以我應他人，君還何所望！」府吏謂新婦：「賀君得高遷！磐石方且厚，可以卒千年；蒲葦一時紉，便作旦夕間。卿當日勝貴，吾獨向黃泉。」新婦謂府吏：「何意出此言！同是被逼迫，君爾妾亦然，黃泉下相見，勿違今日言。」執手分道去，各各還家門。生人作死別，恨恨那可論！念與世間辭，千萬不復全。

接著是仲卿和他母親拜別：

府吏還家去，上堂拜阿母：「今日大風寒，寒風摧樹木，嚴霜結庭蘭。兒今日冥冥，令母在後單，故作不良計，勿複怨鬼神，命如南山石，四體康且直。」阿母得聞之，零淚應聲落：「汝是大家子，仕宦於台閣，愼勿爲婦死，貴賤情何薄？東家有賢女，窈窕豔城郭，阿母爲汝求，便復在旦夕。」

再來是蘭芝於成禮之夜投水死了，而接著仲卿也在樹上吊死了：

府吏再拜還，長歎空房中，作計乃爾立；轉頭向戶裡，漸見愁煎迫。其日牛馬嘶，新婦入青廬。奄奄黃昏後，寂寂人定初。「我命絕今日，魂去屍長留。」攬裙脫絲履，舉身赴清池。府吏聞此事，心知長別離，徘徊庭樹下，自掛東南枝。

最後末段說：

兩家求合葬，合葬華山傍；東西植松柏，左右種梧桐，枝枝相覆蓋，葉葉相交通。中有雙飛鳥，自名為鴛鴦，仰頭相向鳴，夜夜達五更。行人駐足聽，寡婦起彷徨，多謝後世人，戒之愼勿忘。

我想有些人看了我選的這些資料，一定要說：「這些詩都是《古詩源》、《古詩錄》裡收入的，可不是古文的文學嗎？為什麼你用他們來作白話文學的例呢？」對於這些人，我也沒有閒工夫和他們辯論，我就引一兩首眞正古文文學給大家看看：

後皇嘉壇，立玄黃服。
物發冀州，兆蒙祉福。

沇沇四塞，遐狄合處。
經營萬億，咸遂厥宇。

——漢《郊祀歌．後皇》

天地並況，惟予有慕。
爰熙紫壇，思求厥路。
恭承禋祀，媼豫爲紛。
黼繡周張，承神至尊。

——漢《郊祀歌．天地》

認清了這種「道地」的廟堂文學，便自然會承認《孤兒行》、《孔雀東南飛》一類的詩是白話的平民文學了。

參考

1. 《古詩十九首》、《隴西行》、《箜篌引》、《東門行》、《江南可採蓮》、《婦病行》、《豔歌行》、《相逢行》。
2. 桓帝時童謠：「小麥青青大麥枯」，又「城上烏，尾畢逋……。」
3. 王充《論衡．自記篇》說他曾作《譏俗節義》十二篇，「冀俗人觀書而自覺，故直露其文，集以俗言。」此書是用白話所作的第一部。可惜此書不傳於後。

第三章　魏晉南北朝的平民文學

漢朝統一了四百年，到第三世紀時則分裂成三國。魏在北方，算是古文明的繼承人。蜀在西方，開化了西部西南方的蠻族，在文化史上也占一個地位。最重要的是，吳在南方，是楚亡以後，江南江東第一次成獨立的國家；吳國疆土的開拓，文化的提高與傳播，都極為重要；因為吳國的發展就是替後來的東晉、宋、齊、梁、陳預備了一個退步的地方，就是替中國文化預備下了一個避難的所在。

司馬氏統一中國後不到二、三十年，中國北方便發生大亂了。北方雜居的各種新民族——匈奴、鮮卑、羯、氐、羌一時並起，割據中國北方，是為五胡十六國的時代。中國文化幸虧有東南一角作為後退的地方，於是中原大族多南遷，勉強保存一線的文明，不致被這一次大亂完全廢去。

北方大亂了一百多年，後來鮮卑民族中的拓跋氏興起，逐漸打平了北方諸國，北方治安才漸漸安穩。其建立的朝代是為北魏，又稱北朝。南方東晉以後雖有朝代的變更，但始終不曾有種族上與文化的大變動。東晉以後直到隋朝平陳，是為南朝。

這個南北分立（裂）的時期，有兩百年之久；加上以前的五胡十六國時代和三國分立（裂）的時代，足足長達四百年的分裂。這個分裂的時期，是中國文化史上一個最重要的時期。這是中國文明的第一道難關。中國文明雖遭受一次大挫折，久而久之，居然能得最後的勝利。東南一角的保存，自不在話下。北方的新民族後來也漸漸地受不住中國文明的魔力，都被同化了。北魏一代，後來完全採用中國的文化，不但禁胡語、廢胡服、改漢姓、娶漢女，還要立學校、正禮樂、行古體。到了拓跋氏的末年，蘇綽一行人得勢，竟處處用《周禮》模仿三代以上的文體，而比南朝的中國文化更帶著復古色彩了。中國文化已經征服了北方的新民族，故到第六世紀，北方隋朝統一南北時，不但有了政治的統一，文化上也因此容易統一了。

這個南北分裂時代的民間文學，自然是南北新民族的文學。江南新民族本有的吳語文學，向來無人注意，直到此時代，方才漸漸出現。這一派文學的特別色彩是戀愛，是纏綿婉轉的戀愛。北方的新民族多帶著尚武好勇的性質，故北方的民間文學自然也帶著這種氣概。只是北方新民族的平民文學傳下來的太少，眞是可惜。有些明明是北朝文學，又被後人誤編入南朝文學裡去了；例如《企喻歌》、《慕容垂歌》、《隴頭歌》、《折楊柳歌》、《木蘭》，皆有人名或地名可以證明是北方文學，現在多被收入《梁橫吹曲辭》裡去了。我們現在把它們列舉出來，便容易看出北方平民文學的特別色彩是英雄，是慷慨灑落的英雄。

我們先看南方的兒女文學。「樂府」裡的各種《子夜歌》，大概是吳中的平民文學。我們只能選出幾首如下：

宿昔不梳頭，絲髮被兩肩。
婉伸郎膝上，何處不可憐！
自從別歡來，奩器了不開。
頭亂不敢理，粉拂生黃衣。
……
朝思出前門，暮思還後渚。
語笑向誰道，腹中陰憶汝。
攬枕北窗臥，郎來就儂嬉。
小喜多唐突，相憐能幾時！
……
攬裙未結帶，約眉出前窗。
羅裳易飄揚，小開罵春風。
……

夜長不得眠，轉側聽更鼓。
無故歡相逢，使儂肝腸苦。

——以上爲《子夜歌》

《子夜歌》近達兩百首，多是這一類的兒女文學。

歌謠數百種，《子夜》最可憐。
慷慨吐清音，明轉出自然。

這首詩可算是《子夜歌》的總評，也可算是南方兒女文學的總評。此外例如：

新衫繡兩襠，迮著羅裙裡。
微步動輕塵，羅衣隨風起。

——《上聲歌》

黃葛生爛漫，誰能斷葛根？

寧斷嬌兒乳，不斷郎殷勤。——《前溪歌》

團扇復團扇，持許自遮面。
憔悴無復理，羞與郎相見。——《團扇歌》

這都是很有情趣的兒女文學。有些是比較深沉一點的，例如：

懊惱奈何許！夜聞家中論，不得儂與汝。——《懊儂歌》

這首詩後來改了一句，為《華山畿》二十五首之一：

未敢便相許，夜聞儂家論，不持儂與汝。

這裡面很有悲劇的意味了。《華山畿》中有幾首悲劇的詩。例如：

懊惱不堪止，上床解腰繩，自經屏風裡。
啼著曙，淚落枕將浮，身沉被流去。
……
奈何許，天下人何限？慊慊只爲汝。

南朝文學裡，這一類的悲劇很少。而《華山畿》的第一首，則是另寫一件事，也是悲劇的下場：

華山畿，君既爲儂死，獨活爲誰施？
歡若見憐時，棺木爲儂開！

——《華山畿》

但南朝文學裡最擅長的其實是離別詩：

不能久長離。中夜憶歡時，抱被空中啼。
相送勞勞渚。長江不應滿，是儂淚成許。
憶歡不能食。徘徊三路間，因風覓消息。

……

自從別郎後，臥宿頭不舉。飛龍落藥店，骨出只爲汝。

——《讀曲歌》

有幾首風格很豔麗的：

可憐烏臼鳥，強言知天曙，
無故三更啼，歡子冒暗去。

——《烏夜啼》

打殺長鳴雞，彈去烏臼鳥。
願得連冥不復曙，一年都一曉。
憐歡敢喚名，念歡不呼字。
連喚歡復歡，兩誓不相棄。

——《讀曲歌》

這一首的憐、念、連、歡、喚、歡、喚、喚、歡、歡、喚等字用得最妙。

我想以上的例子足以代表南朝的兒女文學，現在再看北方民族的英雄文學。我們所有的資料之中，最可以代表眞正北方文學的是鮮卑民族的《敕勒歌》。這歌本是鮮卑語譯成漢文的。歌辭如下：

敕勒川，陰山下，
天似穹廬，籠蓋四野。
天蒼蒼，野茫茫，
風吹草低見牛羊。

「風吹草低見牛羊」七個字，眞是神來之筆，何等樸素！何等眞實！《樂府廣題》說，北齊高歡攻宇文泰，兵士死去十分之四五，高歡憤怒發病。宇文泰下令道：「高歡鼠子，親犯玉壁。劍弩一發，元兇自斃。」高歡知道了，只好扶病起坐。他把部下諸貴人都招集攏來，叫斛律金唱《敕勒》，高歡自和之，以安人心。由此我們讀這故事時，可以想見這篇歌辭在當時眞可代表鮮卑民族的生活。

我們再舉《企喻歌》爲例：

男兒欲作健，結伴不須多。
鷂子經天飛，群雀兩向波。

放馬大澤中，草好馬著膘。
牌子鐵裲襠，鉅鉾鸐尾條。
前行看後行，齊著鐵裲襠。
前頭看後頭，齊著鐵鉅鉾。

這是北方尚武民族的軍歌了。再看《琅琊王歌》如下：

新買五尺刀，懸著中梁柱。
一日三摩娑，劇於十五女。

接著是《折楊柳歌辭》：

遙看孟津河，楊柳鬱婆娑。
我是虜家兒，不解漢兒歌。
健兒須快馬，快馬須健兒。
蹕跋黃塵下，然後別雄雌。

這種雄壯的歌調，與南朝的兒女文學比較起來，自然天差地遠，怪不得北方新民族要說「我是虜家兒，不解漢兒歌」了！

而北方新民族描寫痛苦的心境時，也只有悲壯，沒有愁苦。且看《隴頭歌》如下：

隴頭流水，流離山下。
念吾一身，飄然曠野。
朝發欣城，暮宿隴頭。
寒不能語，舌捲入喉。
隴頭流水，鳴聲嗚咽。
遙望秦川，心肝斷絕。

北方平民文學寫兒女的心事，也有一種樸實爽快的神氣，不像江南女兒那樣扭扭捏捏的。我們來看《折楊柳枝歌》如下：

門前一株棗，歲歲不知老，
阿婆不嫁女，那得孫兒抱？

敇敇何力力，女子臨窗織。
不聞機杼聲，唯聞女歎息。
問女何所思？問女何所憶？
阿婆許嫁女。今年無消息。

這種天眞爛漫的風格，確實是鮮卑民族文學的特色。

北方平民文學的最大傑作，自然是《木蘭詩》，這是人人都知道的，其開頭兩段是：

唧唧復唧唧，木蘭當户織。不聞機杼聲，唯聞女歎息。問女何所思？問女何所憶？「女亦無所思，女亦無所憶。昨夜見軍帖，可汗大點兵，軍書十二卷，卷卷有爺名。阿爺無大兒，木蘭無長兄。願爲市鞍馬，從此替爺征。」

東市買駿馬，西市買鞍韉，南市買轡頭，北市買長鞭。旦辭爺娘去，暮宿黄河邊，不聞爺娘喚女聲，但聞黄河流水鳴濺濺。旦辭黄河去，暮至黑山頭，不聞爺娘喚女聲，但聞燕山胡騎鳴啾啾。

萬里赴戎機，關山度若飛。朔氣傳金柝，寒光照鐵衣。將軍百戰死，壯士十年歸。

歸來見天子，天子坐明堂，策勳十二轉，賞賜百千強。可汗問所欲，「木蘭不用尚書郎，願借明駝千里足，送兒還故鄉。」

我要請大家注意此詩開頭「唧唧復唧唧，木蘭當戶織，不聞機杼聲，唯聞女歎息。問女何所思？問女何所憶？」六句，與《折楊柳枝歌》中間六句相同，可見此詩是平民文學演化出來的。中間雖很像有文人修改的痕跡，但前用「可汗」，後用「天子」，後又用「可汗」，可見修改的地方大概不過中間「萬里赴戎機」以下幾句。至於後面寫木蘭歸來一大段，絕不是文人能做的：文人做不出這樣天然神妙的平民文學。這一段更不可不注意：

爺娘聞女來，出郭相扶將，阿姐聞妹來，當戶理紅妝。小弟聞姐來，磨刀霍霍向豬羊。開我東閣門，坐我西閣床。脫我戰時袍，著我舊時裳。當窗理雲鬢，對鏡貼花黃。出門看伙伴，伙伴皆驚惶：「同行十二年，不知木蘭是女郎」。雄兔腳撲朔，雌兔眼迷離。兩兔傍地走，安能辨我是雄雌？

北方文學之中，只有一篇貴族文學可以算是白話文學。這一篇是北魏胡太后爲他的情人楊華作的《楊白花》。胡太后愛上了楊華，逼迫他做了她的情人，楊華怕惹禍，逃歸南朝。太后想念他，於是作了這首歌，使宮人連臂踏足同唱。歌辭是：

陽春二三月，楊柳齊作花。
春風一夜入閨闥，楊花飄蕩落南家。
含情出户脚無力，拾得楊花淚沾臆。
秋去春還雙燕子，願銜楊花入窠裡！

這已是北方民族被中國文明軟化後的文學了。

參考

1. 丁福保輯的《全晉詩》卷八、《全宋詩》卷五、《全齊詩》卷四，頁八至十、《全梁詩》卷十四。
2. 這個時代有一個詩人——陶潛，其的詩也有許多可以算是國語文學的作品。讀者可以參看他的詩集，我就不多舉了。
3. 《文選》卷四十，有梁朝任昉《奏彈劉整》文一篇，首尾是古體文；中間引劉寅妻范氏的訴狀及奴海蛤等的供狀，都是白話。此文可見當時古文與白話的差別，讀者應該參看。

第二篇

唐代文學的白話化

第一章　盛唐的白話詩

中國分裂了四百年，隋朝統一南北；不到三十年，大亂又起，中國又分裂了十餘年；直到唐太宗平定了各地割據的小國，中國方才又得統一。唐朝前後三百年間，雖有小亂，都不長久；統一的日子長久，文化也有從容發展的機會。唐朝的文學因爲有統一國家的科舉政策提倡，故也很發達。最重要的是散文與詩兩項：韓愈、柳宗元的散文規定了後來一千多年「古文」的正宗體裁；開元天寶的幾個詩人也囊括了一千多年的詩家。此外，還有唐朝晚年的「詞」也替後來的韻文打開了一個新世界。因爲有這三項──詩、「古文」、詞──故在古體文學史上，唐朝一代的文學就像是高不可及了。

但唐朝三百多年雖是古體文學史上一個黃金時代，卻也是白話文學的一個發達時期。這個時期，我們可以說是白話侵入古體文學的時期，又可以說是文學的「白話化」時期。漢魏六朝的平民文學，到了隋唐時代，很受文學家的崇拜。唐人極力模仿古樂府，後來竟獨立創作新樂府。古樂府裡有價值的部分全是平民文學，故模仿古樂府的人自然逃不了平民文學的影響，這是「白話化」的一個原因。樂府中的小品，如《子夜歌》之類，本是民間平常歌唱的東西；後來唐人的五言二韻與七言二韻的「絕句」，即是從這種小品樂府裡演化出來的。我們看唐朝詩人「旗亭畫壁」的故事，用歌妓所歌唱的多少來定詩人的優劣（此事見《集異記》），而其所歌的都是這種絕句，因此可見這種詩與民間歌曲的關係。這種簡短的小品來自民間，行在民間，是不適宜於貴族文體，亦不能不用白話的。所以唐人的絕句，十之八九皆是白話，這是「白話化」的另一個原因。

唐朝一代的民間文學不幸都失傳了，但是卻也不足爲奇。唐朝最重要的詩人，有許多明明是民間的無名作品，後來都歸到幾個有名的詩人身上去了。如李白集子裡的《襄陽曲》，便是一例；又有許多民間文學，被詩人拿去修飾一番，就成了詩人的作品了：如劉禹錫的《竹枝》，便是最明顯的例子。故我們可以說，唐朝的民間文學雖然失傳，但民間文學的精華都已被吸收在許多詩人的作品裡。唐朝韻文最有價值的部分乃是「平民」與「白話化」的文學。

向來論唐詩的，有一種四分法，把唐朝分作初、盛、中、晚四個時期：

㈠初唐，約西元六二〇年至西元七〇〇年。
㈡盛唐，約西元七〇〇年至西元七五〇年。
㈢中唐，約西元七五〇年至西元八五〇年。
㈣晚唐，約西元八五〇年以後，直到五代。
他們極力推崇盛唐，以爲初唐不過是個盛唐的醞釀時期，中唐是衰落時期，晚唐更是衰微。

但是我們從國語文學史上看起來，我們的結論恰和他們相反，這四個時期正可以代表以下唐朝國語文學發達史上的四個時期：

1. 初唐，貴族文學的時期，平民文學不占勢力。
2. 盛唐，文學開始白話化的時期。
3. 中唐，白話文學風行的時期。
4. 晚唐至五代，白話文學大盛的時期。

隋朝用文學考取士子，而當時帝王大臣提倡的文學乃是南北朝的貴族文學。唐初仍舊是這種貴族文學盛行的時期，仍舊是沈約、徐陵、庾信一班人的文學的餘波。我們看當時所謂「上官體」與「初唐四傑」的文學（參看謝無量《中國大文學史》卷六，第一至第三章），可以看出這個時代的文學貴族性與廟堂性。謝君誤把寒山、拾得歸入初唐，乃是承舊說之誤。寒山、拾得絕不會產生在這個時代（考見下）。

但是第二個時代的文學，便大不同了。這時代的大詩人如王維、孟浩然都是能賞識自然界的眞美的；如李白、杜甫都是能賞識平民文學的。自然的美是不能用廟堂文體來描寫的；故王、孟的詩，凡是好的，都是白話。如王維的《鹿柴》如下：

空山不見人，但聞人語響。

返景入深林，復照青苔上。

再來看他的《終南別業》：

中歲頗好道，晚家南山陲。
興來每獨往，勝事空自知。
行到水窮處，坐看雲起時。
偶然值林叟，談笑無還期。

王、孟的五言律詩好處，正因爲他們能用白話來描寫天然的情景。李白的詩裡，用白話的更多了。他最得力於南北朝民間的樂府，故他的樂府簡直是平民文學。如他的《橫江詞》如下：

人道橫江好，儂道橫江惡。
一風三日吹倒山，白浪高於瓦官閣。
海潮南去過潯陽，牛渚由來險馬當。
橫江欲渡風波惡，一水牽愁萬里長。

又如他的《白鼻騧》如下：

銀鞍白鼻騧，綠地障泥錦。
細雨春風花落時，揮鞭直就胡姬飲。

再看他的《長干行》：

妾髮初覆額，折花門前劇。郎騎竹馬來，繞床弄青梅。
同居長干里，兩小無嫌猜，十四爲君婦，羞顏未嘗開，
低頭向暗壁，千喚不一回。十五始展眉，願同塵與灰。
……
十六君遠行，瞿塘灩澦堆，五月不可觸，猿聲天上哀。
門前舊行跡，一一生綠苔。苔深不能掃，落葉秋風早。
八月蝴蝶來，雙飛西園草。感此傷妾心，坐愁紅顏老。
早晚下三巴，預爲書報家。相迎不道遠，直至長風沙。

又如他的《長相思》：

美人在時花滿堂，美人去後餘空床。
床中繡被卷不寢，至今三載猶聞香。
香亦竟不滅，人亦竟不來！
相思黃葉落，白露點青苔。

這種意境與技巧，都和平民文學很接近。

杜甫是唐朝的第一位大詩人，這是大家所公認的，但杜甫的好處，都在那些白話化的詩裡，這也是無可置疑的。杜甫是一位平民的詩人，因爲他最能描寫平民的生活與痛苦。但平民的生活與痛苦也不是貴族文學能描寫得出的，故杜甫的詩不能不用白話。我們來看他的《新安吏》如下：

客行新安道，喧呼聞點兵。
借問新安吏：「縣小更無丁？」
「府帖昨夜下，次選中男行。」
「中男絕短小，何以守王城？」

肥男有母送，瘦男獨伶俜。
白水暮東流，青山猶哭聲。
莫自使眼枯，收汝淚縱橫；
眼枯即見骨，天地終無情！

這種情景，只需老老實實的描寫，自然就成白話文學了。與這首詩同類的，如《潼關吏》、《石壕吏》、《新婚別》、《垂老別》、《羌村》，我就不用多舉例了。他的《自京赴奉先詠懷》一篇，中間罵皇帝「彤庭所分帛，本自寒女出；鞭撻其夫家，聚斂貢城闕」，又罵貴族「朱門酒肉臭，路有凍死骨」，最後再寫他自己的境遇：

老妻寄異縣，十口隔風雪。
誰能久不顧，庶往共饑渴。
入門聞號咷，幼子饑已卒。
吾寧舍一哀？里巷亦嗚咽。
所愧爲人父，無食致夭折。

這種寫法，雖然樸素，卻何等動人！再看他的《茅屋爲秋風所破歌》如下：

八月秋高風怒號，卷我屋上三重茅；
茅飛渡江灑江郊，高者掛罥長林梢，
下者飄轉沉塘坳。南村群童欺我老無力，
忍能對面爲盜賊，公然抱茅入竹去，
脣焦口燥呼不得。歸來倚杖自歎息。
俄頃風定雲墨色，秋天漠漠向昏黑。
布衾多年冷似鐵，驕兒惡臥踏裡裂。
床頭屋漏無干處，雨腳如麻未斷絕。
自經喪亂少睡眠，長夜沾溼何由徹？

這種平民文學只有經過這種平民生活的詩人才能描寫得清楚親切。杜甫很有滑稽風味，如這首詩便是一個例子；因爲哭聲裡藏著一雙含淚的笑眼，故是詩人的詩，不是貧兒訴苦。此外如《逼仄行》、《醉時歌》都有這種意味。

由於杜甫的白話詩太多了，我無法多舉例，現在再舉幾首絕句如下：

二月六夜春水生，門前小灘渾欲平。
鸕鷀鸂鶒莫漫喜，吾與汝曹俱眼明。

一夜水高二尺強，數日不可更禁當。
南市津頭有船賣，無錢即買系籬旁。

——《春水生》二絕

手種桃李非無主，野老牆低還是家。
恰似春風相欺得，夜來吹折數枝花。

熟知茅齋絕低小，江上燕子故來頻；
銜泥點汙琴書內，更接飛蟲打著人。

二月已破三月來，漸老逢春能幾回？
莫思身外無窮事，且盡生前有限杯。

腸斷江春欲盡頭，杖藜徐步立芳洲。
顛狂柳絮隨風去，輕薄桃花逐水流。

糝徑楊花鋪白氈；點溪荷葉疊青錢。
筍根雉子無人見，沙上鳧雛傍母眠。

——《絕句漫興》九之五

黃四娘家花滿蹊，千朵萬朵壓枝低。
留連戲蝶時時舞，自在嬌鶯恰恰啼。

——《江畔獨步尋花》七之一

這種純樸的美，眞是白話文學的上品。我再舉一首極有趣的短詩如下：

漫道春來好，狂風大放顚，
吹花隨水去，翻卻釣魚船。

他不說大風把船吹翻了，卻偏要說那些花朵被風吹去把船撞翻了，眞是絕妙的風趣。

以上所舉盛唐的詩是白話化的詩，不但王、孟、李、杜可以舉來作例，其實盛唐的詩人如鄭虔、元結、韋應物之類，亦可引來作例，在此不再贅述。

第二章　中唐的白話詩

我們現在要說中唐是白話文學風行的時期。這個時代的詩人如柳宗元、張籍、孟郊、賈島的詩，都有很多近於白話。但我們要想尋代表那時代精神的詩人，自然只好舉白居易、元稹、劉禹錫了。白居易是有意作白話詩的，故他的《與元稹書》敘述他作詩的歷史，極力推崇杜甫的《新安吏》、《石壕吏》諸篇；又他的《新樂府・自序》說：

> 其辭質而徑，欲見之者易喻也；其言直而切，欲聞之者深誡也；其事核而實，使采之者傳信也；其體順而肆，可以播於樂章歌曲也。

要想做到這幾個條件，自然非白話詩不可。所以有人說他每作詩，先教一個老婆子讀了，問她懂得嗎？若老婆子懂得了，此詩便可抄存；若她不懂得，此詩便須重改過（見《墨客揮犀》）。這話自然未必可以全信，因為每首詩如此試驗是做不到的事；但我們可以認定白居易是有意作通俗詩的。到了他晚年時，他的白話更純粹、更自然，幾乎沒有文言詩了。

白居易也是一個平民詩人，他少年、中年時代的詩很多，是討論社會問題的，且看《宿紫閣山北村》如下：

晨遊紫閣峰，暮宿山下村，
村老見余喜，為余開一尊。
舉杯未及飲，暴卒來入門，
紫衣挾刀斧，草草十餘人；
奪我席上酒，掣我盤中飧。
主人退後立，斂手反如賓。
中庭有奇樹，種來三十春。
……
主人慎勿語，中尉正承恩。

又如《秦中吟》十首，都是討論社會問題的。十首中的《重賦》說：

歲暮天地閉，陰風生破村；
夜深煙火盡，霰雪白紛紛。
幼者形不蔽，老者體無溫；
悲喘與寒氣，併入鼻中辛。
昨日輸殘稅，因窺官庫門：
繒帛如山積，絲絮如雲屯，
號爲羨餘物，隨月獻至尊。
奪我身上暖，買爾眼前恩；
進入瓊林庫，歲久化爲塵！

其餘九首則不再引述。而最重要的問題詩，自然要算《新樂府》五十篇。其五十篇之中，《上陽人》、《新豐折臂翁》、《道州民》、《賣炭翁》等篇最有文學價値。我們且舉《折臂翁》一篇作一例子：

新豐老翁八十八，頭鬢眉須皆似雪，
玄孫扶向店前行，左臂憑肩右臂折。

問翁臂折來幾年？兼問致折何因緣？
翁云貫屬新豐縣，生逢聖代無征戰，
慣聽梨園歌管聲，不識旗槍與弓箭。
無何天寶大徵兵，户有三丁點一丁。
點得驅將何處去？五月萬里雲南行。
聞道雲南有瀘水，椒花落時瘴煙起，
大軍徒涉水如湯，未過十人二三死。
村南村北哭聲哀，兒別爺娘夫別妻，
皆云前後征蠻者，千萬人行無一回。
是時翁年二十四，兵部牒中有名字，
夜深不敢使人知，偷將大石捶折臂。
張弓簸旗俱不堪，從茲始免征雲南。
骨碎筋傷非不苦，且圖揀退歸鄉土。
此臂折來六十年，一肢雖廢一身全。
至今風雨陰寒夜，直到天明痛不眠。
痛不眠，終不悔，且喜老身今獨在；

不然當時瀘水頭，身死魂孤骨不收。
應作雲南望鄉鬼，萬人塚上哭呦呦！

這首詩寫兵役之苦能使人情願捶折自己的手臂；這種事實在現代國家主義風行的國度裡也免不了，何況一千多年前的帝國時代呢？我們因此可以推想白居易說的折臂老翁定然是寫實的問題詩。白居易的天才不及杜甫、張籍，他的樂府裡往往議論太多，詩趣反因此減去不少。但這種問題詩也往往有很好的句子，如《上陽人》中的「今日宮中年最老，大家遙賜尙書號。小頭鞋履窄衣裳，青黛點眉眉細長；外人不見見應笑，天寶末年時世妝。」這仍不愧爲詩人的詩。

白居易自己把他的詩分作「諷諭」、「閒適」兩大部分。諷諭即是上文引述的那一類問題詩。他中年以後，便不作這一類的詩了。他的「閒適」一類詩多是從陶潛、韋應物得來的，故也多是白話或近於白話的。我們也可以選以下幾首：

花枝缺處青樓開，豔歌一曲酒一杯，
美人勸我急行樂：自古朱顏不再來。
君不見外州客，長安道，一回來，一回老。

——《長安道》

霜草蒼蒼蟲切切，村南村北行人絕。
獨出前門望野田，月明蕎麥花如雪。

——《村夜》

勸君一杯君莫辭，勸君兩杯君莫疑，
勸君三杯君始知：面上今日老昨日，
心中醉時勝醒時。天地迢迢自長久，
白兔赤烏相趨走。身後金星掛北斗，
不如生前一杯酒。君不見，春明門外天欲明，
喧喧歌哭半死生，遊人駐馬出不得，
白輿素車爭路行。歸去來，頭已白，
典錢收用買酒吃。

——《勸酒》

他晚年的詩則有更多這種豁達的白話詩：

前日君家飲，昨日王家宴，

今日過我廬，三日三會面。
當歌聊自放，對酒交相勸。
爲我盡一杯，與君發三願：
一願世清平，二願身強健，
三願臨老頭，數與君相見！

——《贈夢得》

達哉達哉白樂天，……
二年忘卻問家事，門庭多草廚少煙；
庖童朝告鹽米盡，侍婢暮訴衣裳穿；
妻孥不悅甥姪悶，而我醉臥方陶然！
起來與爾畫生計，薄產處置有後先：
先賣南坊十畝園，次賣東都五頃田，
然後兼賣所居宅，彷彿獲緡二三千。
半與爾充衣食費，半與吾供酒肉錢。

——《達哉樂天行》

元稹、劉禹錫和白居易是極好的朋友，當時稱爲元、白，後來元稹死了，又稱劉、白。他們都可說是當時的白話詩人。元稹的詩才更不如白居易了，但他也有好詩，例如他的悼亡詩如下：

昔日戲言身後意，今朝都到眼前來。
衣裳已施行看盡，針線猶存未忍開。
尚想舊情憐婢僕，也曾因夢送錢財。
誠知此恨人人有，貧賤夫妻百事哀。

——《遣悲懷》

再看他紀念朋友的詩：

憶君無計寫君詩，寫盡千行說向誰？
題在閬州東寺壁，幾時知是見君時？

——《開元寺題樂天詩》

遠信入門先有淚，妻驚女哭問何如：

尋常不省曾如此，應是江州司馬書。

——《得樂天書》

君應怪我留連久，我欲與君辭別難。
白頭徒侶漸稀少，明日恐君無此歡。
自識君來三度別，這回白盡老髭鬚。
戀君不去君須會，知得後回相見難。
（此詩也收錄在《白話文學史》，但有異文；「髭鬚」爲「髭須」，「相見難」爲「相見無」）

——《別樂天》二首

他的樂府，如《連昌宮詞》、《憶遠曲》、《織婦詞》、《田家詞》、《古築城曲》，都可舉來作例；但我們的篇幅有限，只好不再多舉。

劉禹錫的白話詩則選得更多了。他在連州作刺史時曾作「俚歌」，描寫本地的風物：

岡頭花草齊，燕子東西飛。
田塍望如線，白水光參差。
農婦白紵裙，農父綠蓑衣。（此兩句似不很眞實）
齊唱田中歌，嚶佇如竹枝。
但聞怨響音，不辨俚語詞。
時時一大笑，此必相嘲嗤。
……
路旁誰家郎，烏帽衫袖長，
自言上計吏，年幼離帝鄉。
田夫語計吏，君家儂定諳；
一來長安道，眼大不相參。
計吏笑致辭，「長安眞天處！
省門高軻歲，儂人無度數。
昨來補衛士，唯用筒竹布。
君看二三年，我作官人去。」

此詩寫鄉下人說朝廷事務，大有《儒林外史》的風味。劉禹錫愛作這種描寫地方風俗的樂府，如《淮陰行》云：

船頭大銅環，摩挲光陣陣；
早早使風來，沙頭一眼認。
何物令儂羨？羨郎船尾燕，
銜泥趁檣竿，宿食長相見。

他當朗州司馬時，作有《竹枝詞》十幾篇，歷史上說：「武陵溪洞間悉歌之。」我們就選以下幾首爲例：

山桃紅花滿上頭，蜀江春水拍山流。
花紅易衰似郎意，水流無限似儂愁。
江上朱樓新雨晴，瀼西春水縠紋生。
橋東橋西好楊柳，人來人去唱歌行。

城西門前灩澦堆，年年波浪不能推。
懊惱人心不如石，少時東去復西來。

楊柳青青江水平，聞郎江上唱歌聲。
東邊日出西邊雨，道是無情卻有情。

他的這類詩寫的雖是一種民間生活，卻也有一種牢騷感慨寄在詩裡。他被貶逐出去，十年後方才召回，對於時局很有感慨，曾有作一首看花的詩：

紫陌紅塵拂面來，無人不道看花回。
玄都觀裡桃千樹，儘是劉郎去後栽。

當時當局的人說他這詩是譏諷時政，又把他貶逐出去；過了十四年，政局變了，他又被召回，因而作了一首《再游玄都觀》如下：

百畝庭中半是苔，桃花淨盡菜花開。

種桃道士歸何處？前度劉郎今又來。

此外劉禹錫的白話詩還很多，如《金陵五首》等，我就不多舉了。於是這三個人——白居易、元稹、劉禹錫——可以代表中唐的詩了。他們的詩因爲是白話詩，所以風行一世。而白居易的《與元稹書》則說：

……再來長安，又聞有軍使高霞寓者，欲聘倡妓，妓大誇曰：「我誦得白學士《長恨歌》，豈同他妓哉？」由是增價。又……昨過漢南日，適遇主人集眾樂娛他賓。諸妓見僕來，指而相顧曰「此是《秦中吟》《長恨歌》主耳。」自長安抵江西，三四千里，凡鄉校、佛寺、逆旅、行舟之中，往往有題僕詩者；士庶、僧徒、孀婦、處女之口，每每有詠僕詩者。

引元稹《白氏長慶集．序》說：

……巴蜀江楚間，洎長安中，少年遞相仿效，競作新詞，自謂爲元和詩。……二十年間，禁省、觀寺、郵候、牆壁之上無不書，王公、妾婦、牛童、馬走之口無不道。至於繕寫模勒炫賣於市井，或持之以交酒茗者，處處皆是。（原注「揚越間多作書模勒樂天及予雜詩，賣之於市肆之中也。」）其甚者，有至於盜竊名姓，苟求足售，雜亂間廁，無可奈何。予于平水市中（原注，「鏡湖旁草市名」）見村校諸童競習詩，召而問之，皆對曰，「先生教我樂天、微之詩，」固亦不知予之爲微之也。……自篇章以來，未有如是流傳之廣者。

這雖是他們自己說的話，但可以相信，因爲這種自誇，若不根據於事實，是很容易破功的。況且他們詩的通行，還有旁證，如杜牧作《李戡墓誌》引述李戡的話說：

……自元和以來，有元、白詩者，纖豔不逞。非莊士雅人，多爲其破壞；流于民間，疏於屏壁，子父女母，交口教授；淫言媟語，冬寒夏熱，入人肌骨，不可除去。

——見謝著《中國大文學史》卷七，頁四十

以上是反對黨說的話，則更可相信。這些話還不夠證明我們上文說的「中唐是白話文學風行的時期」嗎？

第三章　中唐的白話散文

這個時代又是「古文」體中興的時代。韓愈、柳宗元的「古文」自然是一千多年以來，一件很有勢力的東西。但我們從歷史上看起來，古文體的改革，雖然不是改成白話，卻也是和白話詩同一個趨向的，這話自然有人不承認。但我們細看古文的歷史，就可以知道我這話不是瞎說的了。

從漢到唐，文學分作兩條路。韻文是一路，散文是一路。韻文是貴族與老百姓公用的，故韻文的進化又分作兩條支路。貴族的文人——從司馬相如直到王勃、楊炯——儘管作他們的貴族詩賦；一個作《擬古》，第二個作《擬擬古》，第三個又作《擬擬擬古》，這是支路甲，就是我的朋友錢玄同說的「選體遺孽」走的路。但是民間的無名詩人卻在這一千年中開闢出一條韻文的大路，這就是我們前面說的漢魏六朝的平民文學，這就是支路乙。這條支路乙開闢得很早，因為無數的無名詩人的眼淚、笑聲、歡喜、悲哀，全都靠這條路發洩出去；這條路一塞，就沒有生命了；就算有生命，也沒有生趣了。因此，自從《三百篇》以來，大中華的老百姓始終不肯把這條支路乙塞住。因為老百姓中無名詩人牢牢守住了這條路，不曾斷絕，故白話韻文發達得早，而支路甲上的詩人到了後來也不得不白話化了。這是白話詩所以能早日成立的歷史。

但是散文的一條路，因爲教育上的需要，科舉的勢力，和政治的重要，就被貴族的文人牢牢的占住。老百姓只顧得那一條韻文的支路乙，也就沒有能力來和貴族文人爭這條散文的路。老百姓在這一千年中，只能不知不覺的把語言逐漸改變；在文字一方面，他們這時候還不能和貴族文人競爭。故散文的白話化，比起韻文的白話化，自然慢得多了。因爲老百姓的勢力還不能影響到散文，故散文的進化不得不限於文人階級裡面。

但是文人階級的散文在這一千年中，也分成兩條支路。一條是駢儷對偶的歧路，其在漢朝已有起點，到六朝更十分發達，一切廟堂文字大概都用這種體裁，這條駢偶支路，我們叫它做支路丙。第二條是周秦諸子和《史記》、《漢書》以來那種文從字順、略近語言的自然「古文」。在六朝時代，這條支路雖然沒有多人行走，但少數經師史家卻不能不走這條支路。這條路，我們叫它做支路丁。到了唐朝，經學也發達了，史學也發達，故這條古文的支路上，走的人也多起來了（參看《唐文粹》裡選的初唐和盛唐諸人的古文）。到了盛唐、中唐時代，元結、陸贄、獨孤及等都是走古文的路。到了韓愈、柳宗元的古文出來，這條支路丁就成爲散文的正路。從此以後，支路丙雖然也還有人走，但遠比不上支路丁了。

但是在文人階級與平民階級之間，這時代還有一個特殊階級——和尚階級。這個階級的生活方面，和平民階級很接近；在他裡面的知識階級的思想學問方面，又和文人階級很接近。這時代最風行的一個宗派，叫做「禪宗」的，更有這個特殊性質。他們是一個哲學宗派，有很高超的理想，不容易用古典文學表達出來。況且他們是一個革命的學派，主張打破一切「文字障」，故和古典文學根本上也不相容。因此，禪宗的大師講學與說法都採用平常的白話。他們的「語錄」遂成爲白話散文的老祖宗。——這條路到中唐方才盛行，到晚唐則更加發達，我們可叫它做支路戊。以下我們可畫一個表，說明這五條支路的變遷如下：

韻文	支路甲（「選體遺孽」）	支路乙	
	①貴族的韻文 ②平民的韻文	白話化	
	（唐的韻文）		
散文	支路丙（「選體遺孽」）	支路丁	支路戊
	駢偶化	古文（中唐的古文：非白話，但比駢文更近白話了）	平民的白話（中唐、晚唐的白話散文）

我們看了上表，便可以知道韓、柳的古文乃是一大進化；我們便可以知道「古文」乃是散文白話化以前的一個必不可少的過渡時期。平民的韻文早就發生了，故唐朝的韻文不知不覺的就白話化了。平民的散文此時還不曾發達，故散文不能不經過這一個過渡時代。比起那禪宗的白話來，韓、柳的古文自然不能不算是保守的文派。但是比起駢儷對偶的「選體」文來，韓、柳的古文運動眞是「起八代之衰」的一種革命了。

最可注意的是韓、柳一班人和白居易、元稹、劉禹錫一班人，不但同時期，而且志向相同。元、白都是作古文的能手。元稹管制誥時，把一切詔旨文章都改爲散體，不用向來沿用的駢體（看《元氏長慶集》），這是一大變化（可惜後來的制誥詔策仍是駢體勝利）。白居易的古文在當時也有盛名。他的散文中竟有用白話的，如他的《祭弟文》（《白氏長慶集》卷六十）：

……嗚呼，自爾去來，再周星歲。前事後事，各不相知。今因奠設之時，粗表一二。……闔家除蘇蘇外，並是通健。龜兒頗有文性，吾每自教詩書；三二年間，必堪應舉。阿羅日漸成長，亦勝小時。……茶郎叔母已下並在鄭滑，職事依前。蘄蘄、卿娘、盧八等同寄蘇州，免至饑凍。遙憐在符離莊上，亦未取歸。宅相得彭澤場官，各知平善。骨兜、石竹、香鈿等三人久經驅使，昨大祥齋日，各放從良，尋收膳娘新婦看養。下邽楊琳莊今年買了，並造堂院已成。往日亦曾商量，他時身後，甚要新昌西宅，今亦買訖。爾前後所著文章，吾自檢尋編次，勒成二十卷，題爲《白郎中集》。嗚呼，詞意書跡無不宛然，唯是魂神不知去處。每開一卷，刀攪肺腸。

我們看了這種文章，再去讀韓愈《祭十二郎文》裡的「嗚呼，其信然耶？其夢耶？其傳之非其眞耶？」便覺得白居易是說話而韓愈是有意作文章了。當那個時代，禪門的和尙已經用白話作「語錄」了，白居易常與和尙往來，也許受了他們的影響。但純粹的白話散文我還須向禪宗的語錄裡去尋找。平民的白話雖不曾影響到文人的散文，卻早已影響到這一班大和尙了。

禪宗是佛家的一個革命宗派。這個革命的鉅子叫做惠能，死於西元七一三年，正當盛唐的初年。他的門徒法海把他的教訓記載下來，成爲《六祖法寶》，後人名爲《六祖壇經》。《壇經》的體裁便是白話語錄的始祖。以下試引一段爲例：

……既懺悔已，與善知識發四宏誓願，各須用心正聽。

自心眾生無邊誓願度，
自心煩惱無邊誓願斷，
自性法門無盡誓願學，
自性無上佛道誓願成。

善知識，大家豈不道「眾生無邊誓願度？」恁麼道，且不是慧能度。善知識，心中眾生，所謂邪迷心、誑妄心、不善心、嫉妒心、惡毒心，如是等心，儘是眾生。須自性自度，是名眞度。何名自性自度？即自心中邪見煩惱愚癡眾生，將正見度。既有正見，使般若智打破愚癡迷妄。眾生各各自度：邪來正度，迷來悟度，愚來智度，惡來善度。如是度者，名爲眞度。

後來慧能的兩個大弟子，行思（死於西元七四〇年）傳希遷，懷讓（死於西元七四四年）傳道一。道一即馬祖大師（死於西元七八八年），他的弟子懷海創立禪門規式，禪宗方才成爲一個完全獨立的宗派。希遷即石頭大師（死於西元七九〇年）。道一在江西，希遷在湖南，遂成兩大宗派。中唐以下，大師更多了。潙山的靈祐與仰山的慧寂成爲潙仰宗。臨濟的義玄開臨濟宗，洞山的良價與曹山的本寂開曹洞宗，雲門的文偃開雲門宗，清涼的文益開法眼宗。這多在晚唐五代的時代了。我們且先舉中唐的幾條語錄來作例子：

道一（死於西元七八八年）：

……一切眾生從無量劫來，不出法性三昧，長在法性三昧中。著衣吃飯，言談祇對，六根運用，一切施爲，儘是法性。不解返源，隨名逐相，迷情妄起，造種種業。若能一念返照，全體聖心。汝等諸人各達自心，莫記吾語。縱饒說得河沙道理，其心亦不增；縱說不得，其心亦不減。說得亦是汝心。說不得亦是汝心。乃至分身放光，現十八變，不如還我死灰來。

——《古尊宿語錄》一

希運（黃蘗山斷際禪師，死於約西元八五七年）：

預前若打不徹，臘月三十夜到來，管取你熱亂。有般外道才見人做工夫，他便冷笑，「猶有這個在，」我且問你：忽然臨命終時，你將何抵敵生死？你且思量看，卻有個道理。那得天生彌勒，自然釋迦？……萬般事須是閒時辦得下，忙時得用，多少省力？休待臨渴掘井，做手腳不辦。……而今末法將沉，全仗有力量兄弟家負荷，續佛慧命，莫令斷絕。今時才有一個半個行腳，亦去觀山玩景，不知光陰能有幾何！一息不回，便是來生，未知甚麼頭面。嗚呼！勸你兄弟家趁色力康健時討取個分曉處，不被人瞞底一段大事。遮些關捩子甚是容易，自是你不肯去下死志做工夫，只管道難了又難。好歹教你知：那得樹上自生底木杓？你也須自去做個轉變，始得。

——《宛陵錄》，《大藏經・騰四》，頁三九

我們看了這種樸素而有力的妙文，想到他們是與白居易、劉禹錫差不多時期的人，便可以承認中唐是一個白話風行的時期了。

第四章 晚唐的白話文學

我們在上文引了杜牧《李戡墓誌》的話，那一段話的全文是：

嘗痛自元和以來，有元、白詩者，纖豔不逞。非莊士雅人，多爲其破壞；流於民間，疏於屏壁；子父女母，交口教授；淫言媟語，冬寒夏熱；入人肌骨，不可除去。吾位不得用法以治之；欲使後代知有發憤者，因集國朝以來類於古詩得若干首，編爲三卷，目爲《唐詩》，爲序以導其志。

這一段話有兩點可以注意：一是晚唐時白話詩體風行民間「入人肌骨，不可除去」；二是晚唐時有一種反對白話文學的運動。晚唐五代的文學史可以用這兩點來做一個總綱。

先說反對白話文學的運動是很自然的事。白話詩風行以後，那些古典詩人自然不高興了；而古文風行以後，那些駢偶文人也不高興了。因此，晚唐的文章有「三十六體」的駢文運動，詩的方面有李商隱、溫庭筠等的古典詩。「三十六體」也是李商隱、溫庭筠和段成式提倡出來的，因爲他們三人都是排行第十六，故叫做三個十六的文體。這種駢偶文體有一種大用處，它能於沒有話說時作出文章來，故最適宜於廟堂文字之用。自唐末五代，一直到近代，凡是沒有話說的廟堂文章，如詔旨、誥勅、謝表、箋啓之類等，都不能不用它。我們試翻開宋人的文集來看，凡有話說的奏疏、扎子、論議等，都是用古文；凡沒有話說的冊文、制誥、表啓、喪詞等，便都是用駢文。現在還有許多人用四六文來作賀電、賀函，也是這個道理。

溫庭筠、李商隱的詩所以能流傳於後世，也是因爲這種詩有兩大用處：一是人讀了不懂；二是因爲人讀了不懂，讓人不知道作者究竟說了沒有。例如李商隱的《錦瑟》詩：

> 錦瑟無端五十弦，一弦一柱思華年。
> 莊生曉夢迷蝴蝶，望帝春心托杜鵑。
> 滄海月明珠有淚，藍田日暖玉生煙。
> 此情可待成追憶，只是當時已惘然。

這首詩一千年來也不知經過多少人的猜想，但是至今還沒有人猜出他究竟說的是什麼內容，這種奧妙的作品自然應該受人崇拜了。

但是這種「反白話」的文學，無論怎樣高妙，總擋不住白話文學的風行。晚唐五代究竟是一個白話文學大盛的時代。我們要明白向來的批評家所以不滿意於晚唐，也正是因爲晚唐詩裡白話最多的緣故。

詩體自中唐以來，白話更多了。我們可先舉杜牧的一個例子。杜牧作《李戡墓誌》，倒像是不滿意於元、白的詩體；但杜牧詩裡的白話比元、白還更多。如他的《冬至日寄小侄阿宜》詩：

小侄名阿宜，未得三尺長；頭圓筋骨緊，兩眼明且光。
去年學官人，竹馬繞四廊，指揮群兒輩，志氣何堅剛！
今年始讀書，下口三五行；隨兄旦夕去，斂手整衣裳。
去歲冬至日，拜我立我旁。祝爾願爾貴，仍且壽命長。
……
願爾一祝後，讀書日日忙，一日讀十紙，一月讀一箱。
朝廷用文治，大開官職場。願爾出門去，取官如驅羊。

他的律詩裡也有許多白話，但以他的白話絕句最好，故我們舉幾首如下：

自恨尋芳到已遲，往年曾見未開時。
如今風擺花狼藉，綠葉成陰子滿枝。

——《歎花》

遠上寒山石徑斜，白雲深處有人家。
停車坐愛楓林晚，霜葉紅於二月花。

——《山行》

舞靴應任閒人看，笑臉還須待我開。
不用鏡前空有淚，薔薇花謝即歸來。

——《留贈》

朔風高緊掠河棲，白鼻騧郎白罽裘。
有個當壚明似月，馬鞭斜揖笑回頭。

——《偶見》

已落雙雕血尚新，鳴鞭走馬又翻身。
憑君莫射南來雁，恐有家書寄遠人。

——《贈獵騎》

我們再舉鄭穀的絕句爲例：

湛湛清江疊疊山，白雲白鳥在其間。
漁翁醉睡又醒睡，誰道皇天最惜閒？

——《浯溪》

攜琴當酒度春陰，不解謀生只解吟。
舞蝶歌鶯莫相試，老郎心是老僧心。

——《春陰》

江郡人稀便是村，踏青天氣欲黃昏。
春愁不破還成醉，衣上淚痕和酒痕。

——《寂寞》

再舉杜荀鶴爲例：

去歲曾經此縣城，縣民無口不冤聲。

今來縣宰加朱紱，便是生靈血染成。——《再經明城縣》

田不曾耕地不鋤，誰人閒散得如渠？
渠將底物爲香餌，一度抬竿一個魚。——《釣叟》

山雨溪風卷釣絲，瓦甌蓬底獨斟時。
醉來睡著無人喚，流下前溪也不知。——《溪興》

九華山色眞堪愛，留得高僧爾許年。
聽我吟詩供我酒，不曾穿得判齋錢。——《醉書僧壁》

再引羅隱爲例：

不論平地與山尖，無限風光盡被占。

采得百花成蜜後，爲誰辛苦爲誰甜？
——《蜂》

鐘陵醉別十餘春，重見雲英掌上身。
我未成名君未嫁，可能都是不如人？
——《偶題》

家國興亡自有時，吳人何苦怨西施？
西施若解傾吳國，越國亡來又是誰？
——《西施》

得即高歌失即休，多愁多恨亦悠悠。
今朝有酒今朝醉，明日愁來明日愁。
——《自遣》

不但絕句如此，晚唐律詩也有許多完全白話的形式。如羅隱的七律如下：

野水無情去不回，水邊花好爲誰開？
只知事逐眼前去，不覺老從頭上來。

窮似邱軻休歎息，達如周召在塵埃。
思量此理何人會，蒙邑先生最有才。

——《水邊偶題》

蓮塘館東初日明，蓮塘館西行人行。
隔林啼鳥似相應，當路好花如有情。
一夢不須追往事。數杯猶可慰勞生。
莫言來去只如此，君看鬢邊霜幾莖。

——《蓮塘驛》

再引杜荀鶴的五律：

酒寒無小户，請滿酌行杯。
若待雪消去，自然春到來。
出城人跡少，向暮鳥聲哀。
未遇應關命，侯門處處開。

——《雪中別詩友》

欲住住不得，出門天氣秋。
惟知偷拭淚，不忍更回頭。
此日只愁老，況身方遠遊？
孤寒將五字，何以動諸侯？
——《別舍弟》

立馬不忍上，醉醒天氣寒。
都緣在門易，直似別家難。
世路既如此，客心須自寬。
江村亦饑凍，爭及問長安？
——《別從叔》

當時的風氣，一班文士詩人就和現在的報館主筆一樣，常常拿詩文來「拍馬屁」、「敲竹槓」。當時的藩鎮割據各地，就同現在的督軍一樣，不能不收買這班詩人來主筆。即如上文所引的杜荀鶴詩「孤寒將五字，何以動諸侯？」、「未遇應關命，侯門處處開」，都可見這種風氣（看謝著《大文學史》第四篇第八章第五頁所引《全唐詩話》的話）。

以上引的都是有名詩人的詩，而民間無名詩人的詩通常很少保存。我們可舉寒山、拾得的詩來代表晚唐的無名詩人。一直以來，大家都把寒山、拾得看作初唐的人，《全唐詩》說他們是貞觀初的人，這是根據於《寒山詩》的後序而來。後序是南宋時人所做，很靠不住。謝無量先生也把他們放在隋末唐初。我覺得這種白話詩一定是晚唐的出品，絕不會出現在唐初。寒山、拾得的傳說起於閭丘胤的一序。閭丘胤雖不可考，但序中所說他們隱居唐興縣西七十里。唐興縣之名始於唐上元二年。唐朝有兩個上元二年，一是肅宗時（西元七一六年），離貞觀初已一百四十年了；一是高宗時（西元六七五年），離貞觀初已五十年了。只此一端，已可證舊說之不可靠。其實後世所傳寒山、拾得的詩，絕非一人之作；這兩個人的有無，尚不可知。但唐興縣至宋初即改名天臺，我們可以推知這幾百首詩的大部分可能是晚唐或五代時的作品，起初或眞是從「竹木石壁上」、「村野人家廳壁上」、「土地堂壁上」蒐集來的，後來隨時增加，竟造出「寒山文殊，拾得普賢」的神話來了。故我們拿這些詩來代表晚唐的無名詩人：

有人把椿樹，喚作白旃檀。
學道多沙數，幾個得泥丸？
棄金卻擔草，謾他也自謾。
似聚砂一處，成團亦大難。

快哉混沌身！不飯亦不尿。
遭得誰鑽鑿，茲因立九竅。
朝朝爲衣食，歲歲愁租調。
千個爭一錢，聚頭亡命叫。

蒸砂擬作飯，臨渴始掘井。
用力磨碌磚，那堪持作鏡？
佛說元平等，總有眞如性。
但自審思量，不用閒爭競。

我住在村鄉，無爺亦無娘。
無名無姓第，人喚作張王。
並無人教我，貧賤也尋常。
自憐心的實，堅固等金剛。

還有幾首詩替白話詩辯護如下：

有個王秀才，笑我詩多失：
云不識「蜂腰」，仍不會「鶴膝」；
平側不解壓，凡言取次出。
我笑你作詩，如盲徒詠日。
有人笑我詩。我詩合典雅。
不煩鄭氏箋，豈用毛公解？
……
忽遇明眼人，即自流天下。

這就是近於有意做白話詩了。

晚唐禪宗的白話散文也更發達。我們不能多舉例，就舉晚唐的義玄為例。義玄死於西元八六六年，是臨濟宗的始祖，是當時一個最偉大的宗師。我們現在讀他的語錄，還可以想見臨濟宗的精神如下：

義玄：

今日學佛法者，且要求眞正見解。若得眞正見解，生死不染、去住自由。不要求殊勝，殊勝自至。道流，只如自古先德，皆有出人底路，如山僧指示人處，只要你不受人惑，要用便用，更莫遲疑。如今學者不得，病在甚處？病在不自信處。你若自不信及，即便茫茫地徇一切境轉，被他萬境回換，不得自由。你若歇得念念馳求心，便與祖佛不別。你欲得識祖佛麼？只你面前聽法底是。學人信不及，便向外馳求。設求得者，皆是文字勝相，終不得他活祖意。……如今學道人，且要自信，莫向外覓，總上他閒塵境，都不辨邪正。只如有祖有佛，皆是教跡中事。有人拈起一句子語，或隱顯中出，便即疑生；照天照地，傍家尋問，也大茫然。大丈夫兒，莫只麼論主論賊，論是論非，論色論財，論說閒話過日。山僧此間不論僧俗，但有來者，盡識得伊。任伊向甚處出來，但有聲名文句，皆是夢幻。卻見乘境底人，是諸佛之玄旨。佛境不能自稱我是佛境，還是這箇無依道人乘境出來。若有人出來問我求佛，我即應清淨境出。有人問我菩薩，我即應慈悲境出。有人問我菩提，我即應淨妙境出。有人問我涅槃，我即應寂靜境出。境即萬般差別，人即不別；所以應物現形，如水中月。道流，你若欲得如法，直須是大丈夫兒始得。若萎萎隨隨地，則不得也。……

道流，出家兒且要學道。只如山僧往日曾向毗尼中留心，亦曾於經論尋討；後方知是濟世藥表顯之說，遂乃一時抛卻，即訪道參禪。後遇大善知識，方乃道眼分明，始識得天下老和尚，知其邪正。不是娘生下便會；還是體究練磨，一朝自省。道流，你欲得如法見解，但莫受人惑；向裏向外，逢著便殺：逢佛殺佛，逢祖殺祖，逢羅漢殺羅漢，逢父母殺父母，逢親眷殺親眷，始得解脱，不與物拘，透脱自在。如諸方學道流，未有不依物出來底。山僧向此間從頭打。手上出來，手上打；口裡出來，口裡打；眼裡出來，眼裡打。未有一箇獨脱出來底，皆是上他古人閒機境。山僧無一法與人，只是治病解縛。你諸方道流，試不依物出來！我要共你商量，十年五歲並無一人，皆是依草附葉，竹木神靈，野狐精魅，向一切糞塊上亂咬。……瞎漢，頭上安頭，是你欠少什麼？道流，是你目前用底，與佛祖不別；只麼不信，便向外求？……約山僧見處，無如許多般，只是平常著衣吃飯，無事過時。你諸方來者，皆是有心求佛求法，求解脱，求出離三界。癡人，你要出三界什麼處去？

——《古尊宿語錄》四

這種白話散文無論從思想上看或從文字上看，都是古往今來絕妙的文章。我們看了這種文章，再去看韓愈一派的古文，便好像看了一個活美人之後再來看一個木雕美人了。這種眞實的價值，久而久之，自然有人賞識。後來這種體裁成爲講學的正體，並不是因爲儒家有意模仿禪宗，只是因爲儒家抵抗不住這種文體的眞價值。

第五章 晚唐五代的詞

唐朝一代文學的白話化，還不止於白話詩與白話散文。此外，還有一個更明顯的變化——詞的產生與發達——更可使我們明白這個白話化的趨勢。

唐朝的晚年很像現在的中國，中央政府只是一個空殼子。各道的督軍（節度使）各自霸占一方，不服從中央的命令。有時候一個督軍死了，他的部下便另外擁戴一個人，叫他護理軍務，名爲「留後」，中央也不敢不承認他。這些督軍們又往往彼此開戰，就同敵國一樣，中央也無可奈何。不久，中央政府被朱全忠搶去，成了後梁。後來梁朝又被李存勖打倒，成了後唐。中國北方在幾十年中，換了五個朝代，是爲五代。南方的督軍們，也就各霸一方，稱王稱帝。西川先有王氏的蜀，後有孟氏的後蜀。兩湖有馬氏的楚、高氏的荊南。淮南江東有楊氏的吳，後歸李氏，改名南唐。兩浙有錢氏的吳越，福建有王氏的閩，廣東有劉氏的南漢。以上九國，加上北方河東劉氏的北漢，是爲十國。

在這一個大亂的時代裡，居然產生了一些很好的文學。這大概是因爲分裂的時代沒有一種籠罩一切的權威，故文學得以自由發展。唐朝三百年的白話韻文趨勢，到了晚唐，還是只做那些老套的律詩絕句，作歌行的反而更少了；亦不知白話是不宜於極不自然的律詩的，絕句反而適宜多了，但說話不是一定成七個字一句或五個字一句的，故絕句終究不是白話文最適宜的體裁。白話韻文的自然趨勢應該是朝著長短句的方向走的。這個趨勢在中唐和晚唐已漸漸有了一個起點，這個起點就是詞體的產生。但是這種長短不一的詞體一時還抵不住那三百年來最通用的五言詩和七言詩。直到唐末中國分裂的時代，文學上的統一跟著政治上的統一一起消逝，這時代的詞體方才有自由的變化和自由的發展。白話韻文的進化到了長短句的短詞，方才可說是進入正軌。後來宋的詞、元曲，一直到現在的白話詩，都只是這一個趨勢。

詞是樂府的一種變相。樂府本來多是可以歌唱的，故古代的樂府多有音樂的調子。後來文人創作的樂府，多半是借題發揮，並不著重在唱歌了。可歌唱的樂府，大致是小品居多。小品之中又有兩種：一種是每句字數整齊的，一種是字數長短不齊的。整齊的一類，如《清平樂》、《陽關》、《伊州》等，後來演化成為無數絕句。絕句可以譜作歌，但不譜作成歌也可作絕句。絕句乃是白話文學的一種絕佳工具。但絕句長短有一定，而說話長短無一定，故絕句終究不十分自然。倒是長短不齊的樂府比較自然了，其歌唱起來，聲調更和婉好聽。後來這種樂府漸漸發達，遂成為韻文的一種新風格，這便是詞，又名「長短句」，又名「詩餘」（但詞中也有字句整齊的，如《玉樓春》、《生查子》等。這大概是因為後來詩都不可歌唱，故凡可歌唱的都歸到詞裡去了）。

曾有人說，詞起於李白的《菩薩蠻》和《憶秦娥》，但此說已有人否認（看《大文學史》第四篇第九章，頁六一〇），我們也無從證實（按：這兩詞《花間集》、《李太白集》都沒有收，現附抄以備參考。又今傳唐玄宗《好時光》一詞，一併附抄）。

平林漠漠煙如織；寒山一帶傷心碧。暝色入高樓，有人樓上愁。
玉階空佇立，宿鳥歸飛急。何處是歸程？長亭更短亭！

——李白《菩薩蠻・閨情》

簫聲咽，秦娥夢斷秦樓月。秦樓月，年年柳色，灞陵傷別。
樂遊原上清秋節，咸陽古道音塵絕。音塵絕，西風殘照，漢家陵闕。

——李白《憶秦娥・秋思》

禁庭春晝，鶯羽披新繡。百草巧求花下鬥，只賭珠璣滿鬥。
日晚卻理殘妝，御前閒舞霓裳。誰道腰肢窈窕，折旋笑得君王。

——李白《清平樂》

寶髻偏宜宮樣；蓮臉嫩，體紅香；眉黛不須張敞畫，天教入鬢長。
莫倚傾國貌，嫁取個，有情郎。彼此當年少，莫負好時光！

——唐玄宗《好時光》

另有一說詞是大概起於唐玄宗開元天寶的時代，這是很可信的。因當時是音樂發達的時代，詞體就是從當時的樂府裡出來，例如張志和的《漁父》，便是很好的白話詞：

西塞山前白鷺飛，桃花流水鱖魚肥。
青箬笠，綠蓑衣，斜風細雨不須歸。

而當時又產出一種《調笑令》的調子，中唐時代的詩人則作了幾首，我們可選王建的一首爲例：

羅袖，羅袖，暗舞春風依舊。遙看歌舞玉樓，好日新妝生愁。愁坐，愁坐，一世虛生虛過。

中唐以後，詞調更多了。與《調笑令》最接近的是《如夢令》，我們舉白居易的一首爲例：

頻日雅歡幽會，打得來來越煞。說看暫分飛，蹙損一雙眉黛。無奈，無奈，兩個心兒總待。

白居易的《長相思》、《憶江南》，都是後來風行的調子。我們舉溫庭筠的《憶江南》作例：

梳洗罷，獨倚望江樓。過盡千帆皆不是，斜暉脈脈水悠悠。腸斷白蘋洲。

溫庭筠的詩雖多是古典派的，但他的詞裡卻有一些可取的。如他的《南歌子》如下：

倭墮低梳髻，連娟細掃眉。終日兩相思。爲君憔悴盡，百花時。

又如他的《更漏子》：

玉爐香，紅蠟淚，偏照畫堂秋思。眉翠薄，鬢雲殘，夜長衾枕寒。

梧桐樹，三更雨，不道離情正苦。一葉葉，一聲聲，空階滴到明。

我們再引韓偓的《生查子》：

侍女動妝奩，故故驚人睡。那知本未眠，背面偷垂淚。
懶卸鳳凰釵，羞入鴛鴦被。時復見殘燈，和煙墜金穗。

韓偓死於五代時，已到了詞的成立時期了。

五代十國是詞的成立時期。這時代自然還有許多詩國的遺老——如羅隱、杜荀鶴等——但是長短句的短詞已打開許多新殖民地，可以宣告獨立了。這些新殖民地，多在南方諸國。北方五代好像仍舊是遺老的勢力範圍。北方五、六十年中只有一個名叫和凝的可算是一個詞家。南方的蜀與南唐出了幾個詞人皇帝（前蜀的王衍，後蜀的孟昶，南唐的李璟、李煜），故這兩國的詞最發達。而荊南夾在兩國之間，也出了一些好詞。

我們先看北方詞人宰相和凝的詞：

竹裡風生月上門。理秦箏，對雲屏；輕撥朱弦，恐亂馬嘶聲。含恨含嬌獨自語：今夜約，太遲生！

斗轉星移玉漏頻。已三更。對棲鶯，歷歷花間，似有馬蹄聲。含笑整衣開繡户，斜斂手，下階迎。

（《江城子》初爲單闋，三十五字，五平韻。和凝之作即如此。大抵宋以來，調寄《江城子》之作爲雙闋，下闋即重增一片。）

——《江城子》

當時人稱和凝爲「曲子相公」；但他做後晉宰相時，則裝出宰相的架子來，叫人把他少年時代作的短詞收來毀滅了，所以歷史上稱他「厚重有德」。大概在這厚重有德的大臣庇護之下，短詞就不大容易發展了。

前蜀的皇帝王衍作的短詞，現在只存兩首，我們選一首如下：

這邊走，那邊走，只是尋花柳。那邊走，這邊走，莫厭金杯酒。

——《醉妝詞》

前蜀的宰相韋莊有許多好詞如下：

人人盡說江南好，遊人只合江南老。春水碧於天，畫船聽雨眠。

壚邊人似月，皓腕凝霜雪。未老莫還鄉，還鄉須斷腸。

勸君今夜須沈醉，尊前莫話明朝事。珍重主人心，酒深情亦深。
須愁春漏短，莫訴金杯滿。遇酒且呵呵，人生能幾何？

——《菩薩蠻》

四月十七，正是去年今日。別君時，忍淚佯低面，含羞半斂眉。
不知魂已斷，空有夢相隨。除卻天邊月，沒人知。

昨夜夜半，枕上分明夢見。語多時，依舊桃花面，頻低柳葉眉。
半羞還半喜，欲去又依依。覺來知是夢，不勝悲。

——《女冠子》

後蜀皇帝孟昶也有短詞，但已失傳。《全唐詩》裡所錄他的《木蘭花》，明是後人刪節蘇軾的《洞仙歌》來做成的，不可相信。我們且引後蜀禦史中丞牛希濟的詞一首如下：

新月曲如眉，未有團圓意。紅豆不堪看，滿眼相思淚。

終日劈桃穰，「人」在心兒裡。兩朵隔牆花，早晚成連理。

——《生查子》

顧敻也是後蜀的詞人：

春盡小庭花落。寂寞！憑檻斂雙眉，忍教成病憶佳期！知麼知？知麼知？
一去又乖期信。春盡！滿院長莓苔，手挼裙帶獨徘徊。來麼來？來麼來？

——《荷葉杯》

永夜拋人何處去？絕來音。香閣掩，眉斂，月將沈。爭忍不相尋？怨孤衾：換我心、爲你心，始知相憶深。

——《訴衷情》

歐陽炯也是後蜀的詞人（《宋史》作歐陽迥）：

玉蘭干，金甃井，月照碧梧桐影。獨自個，立多時；霜華濃濕衣。

一向凝情望，待得不成模樣。雖叵耐，又尋思：爭生嗔得伊！（叵是不可二字的合音）

——《更漏子》

兒家夫婿心容易，身又不來書不寄。閒庭獨立鳥關關：爭忍抛奴深院裡？
悶向緣紗窗下睡，睡又不成愁已至。今夜卻憶去年春，同在木蘭花下醉。

——《木蘭花》

當時荊南的大臣孫光憲（即是《北夢瑣言》的作者）亦是一個很好的詞人（《大文學史》誤把他當作後蜀詞人，今改正），現列舉其詞如下：

何事相逢不展眉，苦將情分惡猜疑？眼前行止想應知。
半恨半嗔回面處，和嬌和淚泥人時，萬般饒得爲憐伊。

——《浣溪沙》

密雨阻佳期，盡日凝然坐。簾外正淋漓，不覺愁如鎖。

夢難裁，心欲破，淚逐簷聲墮。想得玉人情。也合思量我。

——《生查子》

燭煌煌，香旖旎，閑放一堆鴛被。慵就寢，獨無憀，相思魂欲銷。
不會得，這心力；判了依前還憶。空自怨，奈伊何？別來情更多。

——《更漏子》

如何？遣情情更多。永日水堂簾下斂雙蛾。六幅羅裙窣地，微行曳碧波，看盡滿地疏雨打團荷。

——《思帝鄉》

但是當時詞的中心，不能不讓給南唐。我們前面講六朝的民間文學時，曾指出南朝文學的特性是戀愛，是纏綿婉轉的戀愛。唐朝統一了三百年，南北民族的文學也混合起來，產生了唐朝的文學。盛唐時，南北文學的勢力相當，故英雄文學與兒女文學都有代表的作品。李白、杜甫有時能作很細膩的兒女詩，有時也能作很悲壯的英雄詩。中唐以後，到了晚唐五代，這個平均的局面保不住了，兒女文學的勢力便漸漸地籠罩一切。當短詞盛行的時代，南唐割據江南，正是兒女文學的老家，故南唐的詞能纏綿婉轉，極盡兒女文學的長處；後來李後主（煜）亡國之後，寄居汴京，過那亡國皇帝的生活，故他的詞裡往往帶著一種濃摯的悲哀。兒女文學最易流入輕薄的風格，故其能帶著一種濃摯的悲哀，便可使他的品格提高。李後主的詞所以能成爲詞中的上品，正是因爲這個道理。

我們舉馮延己、張佖、李後主三人做南唐詩人的代表。先看馮延己的詞如下：

紅滿枝，綠滿枝，宿雨懨懨睡起遲，閒庭花影移。憶歸期，數歸期，夢見雖多相見稀，相逢知幾時？

——《長相思》

風乍起，吹皺一池春水。閑引鴛鴦芳徑裡，手挼紅杏蕊。鬥鴨闌杆獨倚，碧玉搔頭斜墜。終日望君君不至，舉頭聞鵲喜。

——《謁金門》

南園春半踏青時，風和聞馬嘶。青梅如豆柳如絲，日長蝴蝶飛。花露重，草煙低，人家簾幕垂。秋千慵困解羅衣，畫梁雙燕棲。

——《阮郎歸》

小庭雨過春將盡。片片花飛，獨折殘枝，無語憑闌只自知。
玉堂香暖珠簾卷，雙燕來歸。君約佳期，肯信韶華得幾時？

——《採桑子》

幾日行雲何處去？忘卻歸來，不道春將暮。百草千花寒食路，香車繫在誰家樹？
淚眼倚樓頻獨語：「雙燕來時，陌上相逢否？」撩亂春愁如柳絮，依依夢裡無尋處。

——《蝶戀花》

（《蝶戀花》或作歐陽脩詞。清朝有位周濟選了一部《宋四家詞》，斷定此詞是歐陽脩所著；他說，馮延已是一個小人，如何能作這種忠厚愛君的詞？依我看來，周濟這個標準是靠不住的。這種詩詞的面子是很容易懂得的，但它們的底子就很難斷定了。即如這首詞，可說是逐臣思君，也可說是小人望寵。我們實在無從知道馮延已能不能作此詞。北宋的短詞，大半是模仿五代短詞，故歐陽脩、晏殊一派的詞並無時代的分別，因此我不刪此詞。）

春日宴，綠酒一杯歌一遍，再拜陳三願：一願郎君千歲；二願妾身長健；三願如同梁上燕，歲歲長相見。

——《薄命妾》（又名《長命女》）

看張佖（《全唐詩》作張泌）的詞：

碧闌干外小中庭，雨初晴，曉鶯聲，飛絮落花，時節近清明。
睡起捲簾無一事，勻面了，沒心情。

——《江城子》

蝴蝶兒，晚春時，阿嬌初著淡黃衣，綺窗學畫伊。
還似花間見，雙雙對對飛。無端和淚拭燕脂，惹教雙翅垂。

——《蝴蝶兒》

我們現在要舉李後主的短詞了，先引他沒有亡國時所作的詞：

花明月暗籠輕霧，今宵好向郎邊去。衩襪步香階，手提金縷鞋。

畫堂南畔見，一晌偎人顫。奴爲出來難，教君恣意憐。

——《菩薩蠻》

這一首幽會的詞，據《古今詞話》，是後主爲皇后的妹妹所做。這種詞與上文引的許多詞一樣，雖是豔麗，終不免有點輕薄；輕是不沉、薄是不厚，輕薄就是沒有沉厚的情感在內，像這一類的詞，如：

晚妝初過，沉檀輕注些兒個。向人微露丁香顆。一曲清歌，暫引櫻桃破。
羅袖裛殘殷色可。杯深旋被香醪涴。繡床斜憑嬌無那。爛嚼紅茸，笑向檀郎唾。

——《一斛珠》

雲一渦，玉一梭，淡淡衫兒薄薄羅，輕顰雙黛螺。
秋風多，雨如和，簾外芭蕉三兩窠，夜長人奈何？

——《長相思》

但是他後來作的詞便大不相同。淒涼的亡國恨，反映著從前的繁華夢，而帶有一種深厚的悲哀，進而成熟了他的詩才。請看下文的舉例：

別來春半，觸目愁腸斷。砌下落花如雪亂，拂了一身還滿。
雁來音信無憑，路遙歸夢難成。離恨卻如春草，更行更遠還生。

——《清平樂》

林花謝了春紅，太匆匆！無奈朝來寒雨晚來風。
胭脂淚，相留醉，幾時重！自是人生長恨水長東！

——《相見歡》

無言獨上西樓，月如鈎，寂寞梧桐深院鎖清秋。
剪不斷，理還亂，是離愁。別是一般滋味在心頭。

——《相見歡》

深院靜，小庭空，斷續寒砧斷續風。無奈夜長人不寐，數聲和月到簾櫳

——《搗練子》

這都是很悲哀的詩。有幾首則把他的故國之思寫得更明顯：

多少恨！昨夜夢魂中，還似舊時遊上苑，車如流水馬如龍，花月正春風！

——《憶江南》

春花秋月何時了？往事知多少？小樓昨夜又東風，故國不堪回首月明中。
雕闌玉砌應猶在，只是朱顏改。問君能有幾多愁，恰似一江春水向東流。

——《虞美人》

最悲哀的自然是那首不朽的《浪淘沙》：

簾外雨潺潺，春意闌珊。羅衾不耐五更寒。夢裏不知身是客，一晌貪歡。
獨自暮憑闌；無限江山，別時容易見時難。流水落花春去也，天上人間！

李後主亡國後，貧窮得不得了，宋太宗太平興國二年，他自己上書訴說他的窮狀（《宋史》，卷四七八）。《宋史》又說，李後主有土田，在常州，歸官家檢校，眞宗時「上聞其宗屬貧甚。命鬻其半。置資產以贍之。」（《宋史》，卷四七八，〈李仲寓傳〉下）。我們看這種情形，便知道李後主過的生活確實是一種「終日以眼淚洗面」的生活。他詞裡的悲哀是用眼淚澆灌出來的。

以上所說唐與五代的白話文學研究結果，就是把這個時期看作文學的白話化時期。我們承認初唐是貴族文學的時期；盛唐是開始白話化的時期；中唐是白話文學風行的時期；晚唐五代是白話文學大盛的時期，其所提出的證據可以證明這種結論。我們這種觀察與以往論唐詩的人的主張完全不同。請看下面的比較表：

以往論唐詩的四時期

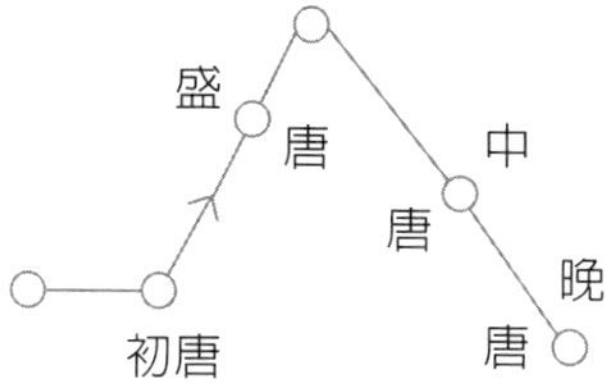

我們論唐代文學的白話化

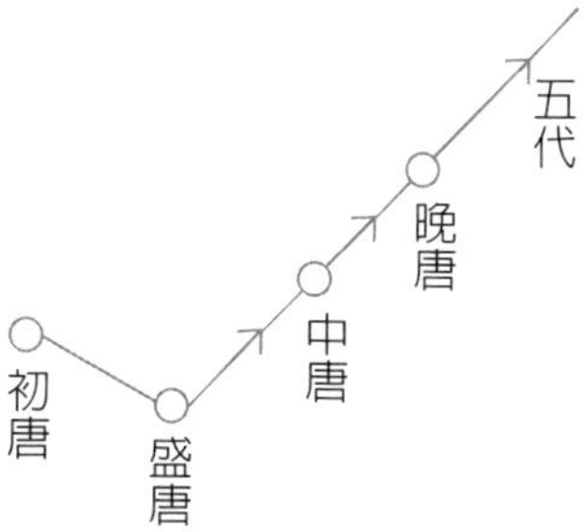

以往的人之所以覺得中唐不如盛唐，晚唐又不如中唐，正是因爲盛唐以後白話化的程度增加，中唐以後更加多了；他們不贊成白話化，覺得那是退化，但是我們研究白話文學發達的歷史，不能不承認文

學史上這個很明顯的白話趨勢。我們研究出來的是：盛唐的白話文學多於初唐，中唐的白話文學多於盛唐，晚唐的白話文學更多於中唐。至於元、白的詩才是否比得上李、杜，杜牧、杜荀鶴的詩是否比得上杜甫？這全是個人天分的限制，與那些時代的白話化趨勢無關。今天在座的人都用白話作文，未必人人都比得上《水滸傳》與《紅樓夢》；這是因爲我們的才性與施耐庵、曹雪芹不同，但我們盡可以大膽宣言，我們這個時代的文學白話化的程度比施耐庵、曹雪芹的時候多加幾百倍了。同樣，我們也可以說，盛唐的詩，如杜甫的詩，也許有些是中唐、晚唐人做不到的，但中唐、晚唐的白話詩確是比盛唐來得多了。

第三篇

兩宋的白話文學

第一章　緒論

宋太祖得了後周的帝位，在二十年之中，中國又得統一了。這時候，只有契丹民族（稱遼國）占據著燕雲十六州（直隸、山西的北境）。此外，中國本土總算統一了一百六、七十年。到十二世紀的初年，女眞民族強盛起來，建立金國，併吞了遼國（西元一一二五年），又乘勢南下，攻陷汴京，把宋徽宗、宋欽宗都捉去（西元一一二七年）。宋朝南渡，起初還有一班名將力圖恢復中原。後來宋高宗信任秦檜，同金國講和，稱臣納貢，由金國冊立宋帝爲大宋皇帝（西元一一四二年）。從此中國北方遂歸金人，演變成了一百四十年南北分裂的局勢。到了西元一二三四年，蒙古人滅了金國；至西元一二八〇年，蒙古人併吞了南宋而統一中國。

北宋的一百六、七十年的統一時代，因爲沒有很大的兵亂，可以稱爲太平時代，這個時代在中國文化史上有很大的貢獻。其中最重要的兩件事是刻板書的提倡與學校的設立。刻板書大概起於唐時；上文引元稹《長慶集・序》說「繕寫模勒炫於市井」，便是一證（看葉德輝《書林清話》一，頁十八）。到五代時，後唐、後漢、後周的政府都曾經雕刻經書印板（看《書林清話》一，頁二十）。但那個兵亂的時代，刻書的風氣盛行，政府提倡於上，有各式官刻板本。私家提倡於下，有各式家刻本和坊刻本，這是傳播文明的第一利器。宋朝又極力提倡學校。仁宗慶曆四年（西元一〇四四年），下詔令各州縣皆立學校。我們閱讀宋人文集裡的許多州縣學記，可以想見這種政策的施行，這是傳播文明的第二利器。有了這兩種利器，故宋朝的文學和哲學都很發達。宋朝政府也很願意提倡美術，故繪畫、音樂也很發達。後來南宋雖然是偏在南方，但那當南方的文化已很發達，兩浙八閩已成爲中國文化的新中心；我們看當時閩中刻書和印書的驚人發展時，就可以想見當日南方文化的情形了。因此，北宋與南宋，在文化史上並沒有分斷，故我們也不把兩宋分開來說。

北宋初年的文學頗偏向晚唐溫、李諸人傳下來的駢偶文與古典詩。這一派大人物是楊億，他是廟堂文學的大主筆，也是貴族文學的領袖。他的《漢武帝》詩云：

蓬萊銀闕浪漫漫，弱水回風欲到難。
光照竹宮勞夜拜，露漙金掌費朝餐。
力通青海求龍種，死諱文成食馬肝。
待詔先生齒編貝，那教索米向長安？

這眞是李商隱的「肖子」了！他的駢體文，我們也可以引一篇來作例：

毳幕稽誅，鑾輿順動。羽衛方離於象魏，天威已震於龍荒。慰邊甿徯後之心，增壯士平戎之氣。……臣聞涿鹿之野，軒皇所以親征；單于之臺，漢帝因之耀武。用殲夷於凶醜，遂底定於邊陲。……矧朔漠妖氛，腥膻敗類，敢因膠折之候，輒爲鳥舉之謀，固已命將出師，擒俘獻馘；雖奪明王之帳，未焚老王之庭；是用親禦戎車，躬行天討；勞軍細柳之壁，巡狩常山之陽。師人多寒，感恩而皆同挾纊；匈奴未滅，受命而孰不忘家？行當肅靜塞垣，削平夷落；梟冒頓之首，收督亢之圖；使遼陽八州之民得聞聲教，榆關千里之地盡入提封；蛇豕之穴悉降，干戈之矢永戢。然後登臨瀚海，刻石以銘功；陟降雲停，泥金而典禮；遠進八九之跡，永垂億萬之年！臣恭守方州，莫參法從；空勵請纓之志，慚無扈蹕之勞。唯聆三捷之音，遠同百獸之舞。

——《駕幸河北起居表》

這一派的詩文，一千年來，成爲廟堂文學與貴族文學的正式體裁。

這一派文學的興盛，引起了一種大反動；產生了北宋的古文運動。古文自韓柳以後，中間經過晚唐的駢偶文復辟，勢力又衰落了。宋朝提倡古文最早的是柳開（死於西元一〇〇一年）。柳開初名肩愈，字紹先。「肩愈」是把韓愈掮在肩上；「紹先」是要繼紹他的貴同宗柳宗元。後來他改名開，字仲塗，且他自己說：「謂將開古聖賢之道于時。」（《河東集》二，《東郊野夫傳》及《補亡先生傳》）柳開之後，有穆修、尹洙、石介等人，這些都是古文運動的健將。古文運動是反對駢文、革駢文命的。當日駢文的首領是楊億，故石介作《怪說》，說佛教、道教與楊億是三怪；《怪說》中專罵楊億如下：

……昔楊翰林欲以文章爲宗於天下，憂天下未盡信己之道，於是盲天下人目，聾天下人耳。使天下人目盲，不見有周公、孔子、孟軻、揚雄、文中子、吏部（韓愈）之道；使天下人耳聾，不聞有周公、孔子、孟軻、揚雄、文中子、吏部之道。俟周公、孔子、孟軻、揚雄、文中子、吏部之道滅，乃發其盲，開其聾，使天下唯見己之道，唯聞己之道，莫知其他。今天下有楊億之道四十年矣。今欲反盲天下人目，聾天下人耳，使天下人目盲不見有楊億之道，使天下人耳聾不聞有楊億之道。俟楊億道滅，乃發其盲，開其聾，使目唯見周公、孔子、孟軻、揚雄、文中子、吏部之道，耳唯聞周公、孔子、孟軻、揚雄、文中子、吏部之道。……楊億窮研極態，綴風月，弄花草；淫巧侈麗，浮華纂組；刻鎪聖人之經，破碎聖人之言，離析聖人之意，蠹傷聖人之道。……其爲怪大矣。

到第十一世紀中葉，歐陽脩的古文成爲一代宗師；他的同鄉曾鞏、王安石都是古文的好手；西南方面又出了蘇軾、蘇洵、蘇轍父子三位文豪。古文的「八大家」之中，有六大家都生於這個時代。古文運動自此成功；雖不曾完全推翻駢文，但古文根基從此更加穩固，勢力也從此更擴大了。

但是北宋古文對駢文革命成功的時期裡，白話文學仍舊持續的發展。詩的方面，「西昆體」的反動，與駢文的反動頗爲相似；駢文的矯正者是古文，「西昆體」詩的矯正者爲須經過一過渡時期北宋的詩，——除了邵雍一派之外，——始終不曾做到徹底的改革。直到南宋的幾個大家，方才有眞正的白話詩。詞的方面，北宋和南宋都是白話詞的極盛時代。散文方面，語錄的白話散文，由禪宗侵入儒家，到南宋時則更發達了。南宋的白話小說更是承前啓後的一大發展。

第二章　北宋的詩

近幾十年來，大家愛談宋詩、愛學宋詩。但是沒有一個人能明白地說出宋詩的好處究竟在什麼地方。依我看來，宋詩的特別之處全在它的白話化。換句話說，宋人的詩的好處是用說話的口氣來作詩：即作詩如說話，杜甫的詩裡已有這種體裁，如：

熟知茅齋絕低小，江上燕子故來頻；
銜泥點汙琴書內，更接飛蟲打著人。

在第一、第二兩句，若用平仄寫出來，是「仄平平平仄平仄，平仄仄仄仄平平」，其並非故意要做什麼「拗體」，他只是要說話。宋朝「西昆體」太講究格律與音調了，故當時的反動便是不知不覺的打破這種聲調與格律的拘束。第十一世紀前半的大詩人已有這種趨向，十一世紀後半的詩人更朝著這方向走。在十一世紀前半的詩人中，如梅堯臣的詩：

憶在鄱君舊國傍，馬穿修竹忽聞香；
偶將眼趁蝴蝶去，隔水深深幾樹芳。

——《京師逢賣梅花》五之一

西鄰少年今出遊。東家女兒不識羞。
門前烏臼葉已暗，日暮問誰在上頭。

荒水浸籬根，籬上蜻蜓立；
魚網掛繞籬，野船籬外入。

——《黃鶯》

水上賣瓜女，摘皮陂上田；
長麻已不識，滿把青銅錢。

（「皮」字《宋詩》抄作瓜，今據徐氏翻明正統）

買魚問水客，始得鯽與魴。
操刀欲割鱗，跳怒鬐鬣張。

——以上《雜詩絕句》十七首之三

這種詩的聲調自由，與其說是復古，不如說是恢復自然。與梅堯臣同時的，還有蘇舜欽的律詩：

東出盤門刮眼明，蕭蕭疏雨更陰晴。
綠楊白鷺俱自得，近水遠山皆有情。
萬物盛衰天意在，一身羈苦俗人輕。
無窮好景無緣住，旅棹區區暮亦行。

——《過蘇州》

新安道中物色佳，山昏雲淡晚雨斜。
眼看好景懶下馬，心隨流水先還家。
步頭浴凫暖出沒，石側老松寒交加。
懷君覽古意萬狀，獨轉澗口吟幽花。

——《寄王幾道》

這種詩我們一見便認它做宋詩，但是他們並非有意作拗句，只是有意趨向說話的自然。

蘇舜欽與梅堯臣在當時同負盛名，人稱「蘇、梅」。他們都是當時詩界革命的健將。有詩稱蘇舜欽的詩「會將趨古淡，先可去浮囂」，而人稱梅堯臣的詩，也說他「所去浮靡之習於昆體極弊之際，存古淡之道於諸大家未起之先。」

和蘇、梅同時的詩人邵雍，可說是一位白話詩人。他是一個理想的好道士，其性格能樂天，亦能自得。他自己替他的《伊川擊壤集》作序說：

……其間情累都忘去，……所未忘者，獨有詩在焉。然而雖曰未忘，其實亦若忘之矣。何者？謂其所作異乎人之所作也。所作不限聲律，不沿愛惡，不立固必，不希名譽；如鑒之應形，如鐘之應聲。其或經道之餘，因閒觀時，因靜照物；因時起志，因物寓言；因志發詠，因言成詩；因詠成聲，因詩成音。

他早年的詩，如：

我今行年四十五，生男方始爲人父。
鞠育教誨誠在我，壽夭賢愚繫於汝。

我若壽命七十歲，眼前見汝二十五。
我欲願汝成大賢，未知天意肯從否。
——《生男吟》

洛城雪片大如手，爐中無火樽無酒。
凌晨有人來打門，言送西臺詩一首。
——《謝張元伯雪中送詩》

滿天風雨爲官守，遍地雲山是事權。
惟我敢開無意口，對人高道不妨言。
——《自況》

他晚年的詩更多白話了。如：

生平不作皺眉事，天下應無切齒人。
斷送落花安用雨？裝添舊物豈須春？
幸逢堯舜爲眞主；且放巢由作外臣。
六十病夫宜揣分，監司無用苦開陳。
——《詔三下答鄉人不起之意》

太華中峰五千仞，下有大道人往還。
當時馬上一回首，十載夢魂猶過間。
生平愛山山未足，由此看盡天下山。
求如華山是難得，使人消得一生閒。

——《寄華山雲臺觀武道士》

每度過東街，東街怨暮來。
只知閒說話，那覺太開懷。
我有千般樂，人無一點猜。
半醺歡喜酒，來晚未成回。

——《每度過東街》

自從新法行，嘗苦樽無酒。
每有賓朋至，盡日閒相守。
必欲丐於人，交親自無有。
必欲典衣買，焉能得長久？

——《無酒吟》

花前把酒花前醉，醉把花枝仍自歌，
花見白頭人莫笑，白頭人見好花多。
——《南園賞花》

有物輕醇號太和，半醺中最得春多。
靈丹換骨還如否？白日升天似得麼？
儘快意時仍起舞，到忘言處只謳歌。
賓朋莫怪無拘檢，眞樂攻心不奈何。
——《林下》

年老逢春春莫慳，春慳不當世艱難，
四時只有三春好，一歲都無十日閒。
酒盞不煩人訴免，花枝須念雨摧殘。
卻愁千片飄零後，多少金能買此歡
——《年老逢春》十三之一

這種白話詩可以代表當時白話文學的一種極端趨向。當時與邵雍往來的一班名人，像是受了他的影響，都作這一類的詩，如司馬光、程顥、富弼等，都可說是白話詩人。來看司馬光的《花庵詩呈堯夫（即邵雍）》如下：

洛陽四時常有花，雨晴顏色秋更好。
誰能相與共此樂？坐對年華不知老。

他又和堯夫於《年老逢春》云：

年老逢春無用驚，對花弄筆眼猶明。
不嫌貧舍舊來燕，喚起醉眠何處鶯？
一僕相隨幅巾出，群童聚看小車行。
人間萬事都捐去，莫遺胸中氣不平。

程顥的詩，不論精神上與技術上都很像邵雍。《千家詩》的第一首「雲淡風輕近午天」就是他的詩。又如他的《秋日偶成》：

閒來無事不從容，睡覺東窗日已紅。
萬物靜觀皆自得，四時佳興與人同。
道通天地有形外，思入風雲變態中。
富貴不淫貧賤樂，男兒到此是豪雄。

這一派的詩人都聚集洛陽；有些分散他處的，也都是崇拜洛陽這一班前輩的，故我們可以叫他們作「洛陽詩派」。邵雍、司馬光、程顥又是當時的哲學家，他們重在意境與理想，不重在修詞琢句，故我們又可以叫他們的詩作「哲學家的詩」。第十一世紀是哲學發達的時代，當時的文人和詩人都與當時的哲學有關係，當時的詩多少帶著一種哲學的意境。洛陽一派的詩可說是哲學家的詩，而江西、四川的幾個大詩人和他們支派的詩終究還是文人的詩。

和蘇舜欽、梅堯臣同時，又和他們極要好的是歐陽脩。他的詩雖是文人的詩，但也可以在白話文學史上占一個地位。他的絕句如下：

綠樹交加山鳥啼，晴風蕩漾落花飛。
鳥歌花舞太守醉，明日酒醒春已歸！

春雲淡淡日輝輝，草惹行襟絮拂衣。
行到亭西逢太守，籃輿酩酊插花歸。

紅樹青山日欲斜，長郊草色綠無涯。
遊人不管春將老，來往亭前踏落花。

——《豐樂亭遊春》三首

百囀千聲隨意移，山花紅紫樹高低。
始知鎖向金籠聽，不及林間自在啼。

——《畫眉鳥》

歐陽脩是江西人，他的同鄉後輩王安石是北宋的一個大思想家。王安石的詩也有很多白話的，我們選他的《擬寒山拾得》二十首之四如下：

(一)

牛若不穿鼻，豈肯推人磨？
馬若不絡頭，隨宜而起臥。

乾地終不涴，平地終不墮。
擾擾受輪回，只緣疑這個。

㈡

我曾爲牛馬，見草豆歡喜。
又曾爲女人，歡喜見男子。
我若眞是我，只合長如此。
若好惡不定，應知爲物使。
堂堂大丈夫，莫認物爲己。

㈢

風吹瓦墮屋，正打破我頭；
瓦亦自破碎，豈但我血流。
我終不嗔渠，此瓦不自由。
衆生造衆惡，亦有一機抽。
渠不知此機，故自認愆尤。

此但可哀憐，勸令眞正修。
豈可自迷悶，與渠作冤仇？

㈣

傀儡只一機，種種沒根栽。
被我入棚中，昨日親看來。
方知棚外人，擾擾一場呆。
終日受伊謾，更被索多財。

他有許多白話的歌行，我們不多引用，只舉他一些白話的絕句如下：

竹裡編茅倚石根，竹莖疏處見前村。
閒眠盡日無人到，自有春風爲掃門。
——《竹裡》

一陂春水繞花身，花影妖嬈各占春。
縱被春風吹作雪，絕勝南陌碾成塵。

水南水北重重柳，山後山前處處梅。
未即此身隨物化，年年長趁此時來。
——《北陂杏花》

小雨春風落楝花，細紅如雪點平沙。
槿籬竹屋江村路，時見宜城賣酒家。
——《遊齊安》

茅簷長掃靜無苔，花木成畦手自栽。
一水護田將綠繞，兩山排闥送青來。
——《書湖陰先生壁》

澗水無聲繞竹流，竹西花草弄春柔。
茅簷相對坐終日，一鳥不鳴山更幽。
——《鐘山即事》

荒煙涼雨助人悲，淚染衣巾不自知。
除卻春風沙際綠，一如看汝過江時。
——《送和甫至龍安微雨因寄吳氏女子》

歐陽脩死於西元一〇七二年，而王安石死於西元一〇八六年，兩者都可算是第十一世紀下半的詩人了。但十一世紀下半的詩壇差不多全是蘇軾與黃庭堅一派的世界，宋詩到蘇黃一派，方才大成。蘇軾死於西元一一〇一年，黃庭堅死於西元一一〇五年。他們的影響直到今日，還不曾消滅，近人所崇拜的「江西詩派」，就是奉黃庭堅做祖師的。

用文學史的眼光來看，蘇、黃的詩的好處並不在那不協調的音節，也不在偏僻的用典。他們的好處正如我們上文說的「作詩如說話」。他們爲了要「作詩如說話」，故不拘守向來的音調格律。他們都是讀很多書的人，與他們往來唱和的人也都是一時的博雅文人，而他們又愛用和韻，故他們常有許多引用典故的詩；有時愛用冷僻的典故，有時也愛押很複雜的韻，但這種詩並不是他們的長處。這種詩除了極少部分之外，並沒有文學價值，故不配叫作詩，只可叫做「詩玩意兒」，與詩謎和詩鐘是同樣的東西。黃庭堅的詩裡，這一類的詩更多，如他的《演雅》、《戲書秦少遊壁》，和大多數次韻的詩，都是這一類的。但蘇軾、黃庭堅的好詩卻也不少。我們且舉幾個例，先看蘇軾的詩如下：

人老簪花不自羞，花應羞上老人頭。
醉歸扶路人應笑，十里珠簾半上鉤。

——《吉祥寺賞牡丹》

黑雲翻墨未遮山，白雨跳珠亂入船，
卷地風來忽吹散，望湖樓下水如天。

——《望湖樓醉書》

水光瀲灩晴方好，山色空濛雨亦奇，
欲把西湖比西子，淡妝濃抹總相宜

——《飲湖上初晴後雨》

竹外桃花三兩枝，春江水暖鴨先知。
蔞蒿滿地蘆芽短，正是河豚欲上時。

——《惠崇春江曉景》

父老爭看烏角巾，應緣曾現宰官身，
溪邊古路三叉口，獨立斜陽數過人。

——《縱筆》

半醒半醉問諸黎，竹刺藤梢步步迷。
但尋牛矢覓歸路，家在牛欄西復西。

——《被酒獨行偏至諸黎之舍》

讀蘇詩的人，須知道他的好處不在能用「玉樓」、「銀海」一類的典故，而在能用「牛矢」、「牛欄」一類極平常的事物作出好詩來。他的律詩之中那些好的部分也只是用說話體來作詩，這裡就不舉例了。

黃庭堅的詩，更可以表現「作詩如說話」的意思。我最喜歡他的《題蓮花寺》，在此引用如下：

狂卒猝起金坑西，脅從數百馬百蹄。
所過州縣不敢誰，肩輿虜載三十妻。
伍生有膽無智略，謂河可憑虎可搏。
身膏白刃浮屠前，此鄉父老至今憐。

這雖不全是白話，但這種樸素簡潔的白描技術完全是和白話詩一致的。這詩裡的小毛病，如「馬百蹄」、「不敢誰」也只是因爲舊格式的束縛，若打破了這種格式，便沒有這種缺點了。他的《跋子瞻（即蘇軾）和陶詩》云：

子瞻謫嶺南，時宰欲殺之。

飽吃惠州飯，細和淵明詩。
彭澤千載人，東坡百世士；
出處雖不同，風味乃相似。

這不就是說話嗎？又他的《題伯時畫頓塵馬》云：

竹頭搶地風不舉，文書堆案睡自語。
忽看高馬頓風塵，亦思歸家洗袍褲。

再看《戲簡朱公武劉邦直田子平》云：

朱公趨朝瘦至骨，歸來豪健踞胡床；
日看省曹闇者面，何如田家侍兒妝？

這不都是說話嗎？我們讀黃庭堅的詩，都應該用這一個觀點來讀它，方才可以眞正領會它的精彩之處。就是他的律詩也含有這個趨勢，如他的《沖雪宿新寨忽忽不樂》一篇云：

縣北縣南何日了？又來新寨解征鞍。
山銜斗柄三星沒，雪共月明千里寒。
小吏有時須束帶，故人頗問不休官。
江南長盡捎雪竹，歸及春風斬釣竿。

再看《池口風雨留三日》云：

孤城三日風吹雨，小市人家只菜疏。
水遠山長雙屬玉，身閒心苦一舂鋤。（屬玉是一種鳥名，是鴨而大，長頸赤目）
翁從旁舍來收網，我適臨淵不羨魚。
俯仰之間已陳跡，暮窗歸了讀殘書。

又如《登快閣》云：

痴兒了卻公家事，快閣東西倚晚晴。

落木千山天遠大，澄江一道月分明。
朱弦已爲佳人絕，青眼聊因美酒橫。
萬里歸船弄長笛，此心吾與白鷗盟。

——《秋日》

只是這種律詩體終究不適宜於作白話詩。我們在下文看黃庭堅的白話詞時，就可以知道他確是一個白話詩人，不過因爲受舊詩體所束縛，這個白話的風格在詩裡不能完全表現出來。

蘇軾的弟子，如黃庭堅、秦觀、張耒、晁補之，人稱爲蘇門四學士。此外如他的親戚文同，他的朋友陳師道，都是當時的重要詩人，其中陳師道更是黃庭堅一派（後人稱爲「江西詩派」）的大將。我們也各選一例如下：

秦觀的詩：

月團（茶名）新碾瀹花瓷，飲罷呼兒課《楚詞》。
風定小軒無落葉，青蟲相對吐秋絲。

清酒一杯甜似蜜，美人雙鬢黑如鴉；
莫誇春色欺秋色，未信桃花勝菊花。

——《處州閒題》

南土四時盡熱，愁人日夜俱長。
安得此身如石，一時忘了家鄉！

——《寧浦書事》六之一

張耒的詩：

社南村酒白如餳，鄰翁宰牛鄰媼烹。
插花野婦抱兒至，曳杖老翁扶背行。
淋漓醉飽不知夜，裸股掣肘時讙爭。
去年百金易斗粟，豐歲一飲君無輕。
廉纖小雨作春愁，吹濕長雪漫不收。

——《田家》

架上酴醾渾著葉，眼明新見小花頭。
病腹難禁七碗茶，小窗睡起日西斜。
貧無隙地栽桃李，日日門前看賣花。
——《春雨中偶成》
——《雜詩》

晁補之的詩：

平時無歡苦易醉，自怪飲樂顏先酡。
乃知醉人不是酒，眞是情多非酒多。
——《漫成呈文贊》

驛後新籬接短牆，枯荷衰柳小池塘。
倦遊到此忘行路，徙倚軒窗看夕陽。
一官南北鬢將華，數畝荒池淨水花，
掃地開窗置書几，此生隨處便爲家。
——《題穀熟驛舍》二首

文同的詩：

擲梭兩肘倦，踏籋雙足趼。
三日不住織，一疋才可剪。
織處畏風日，剪時審尺刀。
皆言邊幅好，自愛經緯密。
昨朝持入庫，何事監官怒？
大字雕印文，濃和油墨汙。
父母抱歸舍，抛向中間下。
相看各無語，淚進若傾瀉。
質錢解衣服，買絲添上軸；
不敢輒下機，連宵停火燭。
當須了租賦，豈暇恤襦褲？
前知寒切骨，甘心肩骬露。
裡胥踞門限，叫駡嗔納晚。

安得織婦心，變作監官眼！

——《織婦怨》

陳師道的詩：

去遠即相忘，歸近不可忍。
兒女已在眼，眉目略不省。
喜極不得語，淚盡方一哂。
了知不是夢，忽忽心未穩。

——《示三子》

芒鞋竹杖最關身，散發披衣不待人。
三五作鄰堪共活，五千插架未爲貧。

——《絕句》

書當快意讀易盡，客有可人期不來：
世事相違每如此，好懷百歲幾回開？

——《絕句》

關於對宋詩的結論是：宋詩的好處全在作詩如說話，但舊詩的體裁終究不能表現自然的說話口氣。況且古典主義在北宋的詩裡影響還是很大；所以北宋的詩中，除了洛陽一派之外，都無法表現白話文學的風格，只可以算是「西昆體」裡一個不徹底的革新。

第三章　南宋的白話詩

詩到南宋時，才把北宋詩「作詩如說話」的風格完全表現出來，故南宋的詩可以算是白話詩的中興。南宋前半的大家，如陸游、范成大、楊萬里，都可稱作白話詩人；南宋後半的大家，如劉克莊，自然不在話下。南宋初期的詩界裡，陸游、范成大、楊萬里與尤袤等四人稱爲南宋四大家，而這四個人都是曾幾（江西人，作詩學黃庭堅一派）的弟子。從江西詩派的後起竟產生了這些弟子白話大詩人來看，就可以知道我們從前論宋詩的話大致不錯。由於尤袤的詩傳下來的很少，在此尚且不論。先看陸游（死於西元一二一〇年）的《讀詩稿有感走筆》作歌一篇，裡面說明他作詩的變遷如下：

我昔學詩未有得，殘餘未免從人乞。
力孱氣餒心自知，妄取虛名有慚色。

四十從戎駐南鄭，酣宴軍中夜連日；
打球築場一千步，閱馬列廄三萬匹；
華燈縱博聲滿樓，寶釵豔舞光照席；
琵琶弦急冰雹亂，羯鼓手勻風雨疾。
詩家三昧忽見前，屈賈在眼元歷歷。
天機雲錦用在我，剪裁妙處非刀尺。
世間才傑固不乏，秋毫未合天地隔。
放翁老死何足論，《廣陵散》絕還堪惜！

這是他個人詩史上的一大革命。自從他得了「天機雲錦用在我，剪裁妙處非刀尺」的祕訣以後，他的詩便更接近白話了。晚年他又有《示子遹》一篇，也是寫他作詩的歷史：

我初學詩日，但欲工藻繪。中年始少悟，漸若窺宏大。怪奇亦間出，如石漱湍瀨。……詩爲六藝一，豈用資狡獪？（原注：晉人謂戲爲狡獪，今閩語尚爾）汝果欲學詩，工夫在詩外。

詩裡透露出，他不滿意於「藻繪」的詩，同時他也反對溫、李以後的許多「詩玩意兒」（黃庭堅、蘇軾大概也在內）。他自己作詩只是率眞、自然，只會運用平常經驗與平常話語。所以他曾說：「詩到無人愛處工」，這七個字可以作他自己的詩的總評。我們舉他幾首詩如下：

看花南陌復東阡，曉露初乾日正妍。
走馬碧溪坊裡去，市人喚作海棠顚。

爲愛名花抵死狂，只愁風日損紅芳，
綠章夜奏通明殿，乞借春陰護海棠。

翩翩馬上帽檐斜，盡日尋春不到家。
偏愛張園好風景，半天高柳臥溪花。

日長無奈清愁處，醉裡來尋紫笑香。

——《花時遍遊諸家園》六之三

漫道閒人無一事，逢春也似蜜蜂忙。

——《聞傅氏莊紫笑花開急棹小舟觀之》

春暖山中雲作堆，放翁艇子出尋梅。
不須問訊道傍叟，但覓梅花多處來。

——《觀梅花至花涇，高端叔見尋》

過得一日過一日，人間萬事不須謀。
鄰家幸可賒芳醞，紅蕊何曾笑白頭？

小甑有米可續炊，紙鳶竹馬看兒嬉。
但得官清吏不橫，即是村中歌舞時。

更事多來見物情，世間常恨太忙生。

——《醉中信筆》四之一

花開款款寧爲晚，日出遲遲卻是晴。
四十餘年學養生，雖知所得亦平平。
體孱不犯寒時出，路溼常尋乾處行。

——《春日雜興》五之三

少時喚愁作底物，老境方知世有愁。
忘盡世間愁故在；和身忘卻始應休。

——《讀唐人愁詩戲作》二之一

陸游的律詩也有許多白話的，在此不多敘述。

范成大（死於西元一一九三年）與楊萬里（死於西元一二〇六年）都是「天然界的詩人」，他們最愛天然界的美，擅長描寫天然界的眞美。天然的美是無法用貴族文學來描寫的，所以他們不知不覺就成了白話詩人。范成大的詩，我們先舉他描寫蘇州田家風俗的《臘月村田樂府》十首之二如下：

古傳臘月二十四，灶君朝天欲言事。
雲車風馬小留連，家有杯盤豐典祀。
豬頭爛熟雙魚鮮，豆沙甘松粉餌圓。
男兒酌獻女兒避，酹酒燒錢灶君喜。
婢子鬥爭君莫聞，貓狗觸穢君莫嗔。
送君醉飽登天門，杓長杓短勿復云，
乞取利市歸來分。

——《祭灶詞》

除夕更闌人不寐，厭禳鈍滯迫新歲。
小兒呼叫走長街，雲有痴呆召人買。
二物於人誰獨無？就中吳儂乃有餘。
巷南巷北賣不得，相逢大笑相揶揄。
櫟翁塊坐重簾下，獨要買添令問價。
兒雲翁買不須錢，奉賒痴呆千百年。

——《賣痴呆詞》

他的《四時田園雜興》六十首更可以代表「天然的詩」了。我們也選幾首如下：

社下燒錢鼓似雷，日斜扶得醉翁回。
青枝滿地花狼藉，知是兒孫鬥草來。

種園得果僅償勞，不奈兒童鳥雀搔。
已插棘針樊筍徑，更鋪魚網蓋櫻桃。

——《春日田園雜興》十二之三

桑下春蔬綠滿畦，菘心青嫩芥薹肥。
溪頭洗擇店頭賣，日暮裡鹽沽酒歸。

蝴蝶雙雙入菜花，日長無客到田家。
雞飛過籬犬吠竇，知有行商來買茶。

雨後山家起較遲，天窗新色半熹微。

老翁欹枕聽鶯囀，童子開門放燕飛。
梅子金黃杏子肥，麥花雪白菜花稀。
日長籬落無人過，唯有蜻蜓蛺蝶飛。

——《晚春田園雜興》十二之二

二麥俱收斗百錢，田家喚作小豐年。
餅爐飯甑無饑色，接到西風熟稻天。
晝出耕田夜績痲，村莊兒女各當家。
童孫未解供耕織，也傍桑陰學種瓜。

——《夏日田園雜興》十二之二

橘蠹如蠶入化機，枝間垂繭似蓑衣。
忽然蛻作多花蝶，翅粉才乾便學飛。
靜看檐蛛結網低，無端妨礙小蟲飛。

蜻蜓倒掛蜂兒窘，催喚山童爲解圍。

——《秋日田園雜興》十二之二

楊萬里的詩更注重天然的美。他曾說：「我詩只道更無題，物物秋來總是詩」（《戲筆》）、「閉門覓句非詩法，只是征行自有詩。」（《下橫山灘頭望金華山》），又說：「煙銷日出皆詩句」（《寄題横秀閣》），這都是自然派詩人的主張。而後他又說：

傳派傳宗我替羞，作家各自一風流。
黃（庭堅）陳（師道）籬下休安腳，
陶（潛）謝（靈運）行前更出頭。

——《跋徐恭仲省幹近詩》

黃、陳是江西詩派的祖師，陸游、范成大、楊萬里都是江西詩派的後人，後來他們都能推翻江西詩派的「詩玩意兒」而宣告獨立。楊萬里這首詩便是獨立的宣言書。他少年時作的詩有「露窠蛛恤緯，風語燕懷春」、「立岸風大壯，還舟燈小明」一類的句子，後來他把這些少年時代的詩千餘首都燒去了。這也是宣告獨立的一種表示。我們舉例如下：

園花落盡路花開，白白紅紅各自媒。
莫問早行奇絕處，四方八面野香來。
——《過百家渡》四之二

一晴一雨路乾濕，半淡半濃山疊重。
遠草平中見牛背，新秧疏處有人蹤。

梅子留酸軟齒牙，芭蕉分綠與窗紗。
日長睡起無情思，閒看兒童捉柳花。
——《閒居初夏午睡起》二之一

樹頭吹得葉冥冥，三日顛風不小停。
只是向來枯樹子，知他那得許多青？

著盡工夫是化工：不關春雨更春風。
已拚膩粉塗雙蝶，更費雌黃滴一蜂！
——《晚春即事》

新蟬聲澀亦無多，強與嬌鶯和好歌。
——《春興》

晝日舞風渾不倦，無人奈得柳條何！

——《六月六日小集》

胡床倦坐起憑欄，人正忙時我正閒。
卻是閒中有忙處，看書才了又看山。

——《靜坐池亭》

胡蝶新生未解飛，須拳粉溼睡花枝。
後來借得風光力，不記如癡似醉時。

——《道旁小憩觀物化》

此詩可與上引范成大的絕句《秋日田園雜興》參看

野菊荒苔各鑄錢，金黃銅綠兩爭妍。
天公支與窮詩客，只買清愁不買田。

梅花得雪更清妍，折入燈前細撚看。
下卻珠簾叫到地，橫枝太瘦不禁寒。

——《戲筆》

雪正飛時梅正開，情人和雪折庭梅。
莫教顫脫梢頭雪，千萬輕輕折取來。

——《慶長妹招飲即席賦十詩》之二

楊萬里的律詩，我們在此舉例如下：

初聞一天雨大聲，次第遠近雞都鳴。
今夕明朝何日了，南村北巷幾人行。
忽思春雨宿茅店，最苦僕夫催去程。
是時懶起借殘睡，如今不眠愁獨醒。

——《不寐》三之一

起視清天分外清，滿天一點更無星。
忽驚平地化成水！乃是月華光滿庭。
筆下何知有前輩！醉來未肯赦空瓶。
兒曹夜誦何書冊，也遣先生細細聽。

——《迓使客夜歸》四之一

至於他的歌行，我們也舉例如下：

田夫抛秧田婦接，小兒拔秧大兒插。
笠是兜鍪蓑是甲，雨從頭上溼到胛，
喚渠朝餐歇半霎，低頭折腰只不答。
秧根未牢蒔未匝，照管鵝兒與雛鴨。

——《插秧歌》

山僮問遊何許村，莫問何許但出門：
腳根倦時且小歇，山色佳處須細看。
道逢田父遮儂住，說與前頭看山去。
寄下君家老瓦盆，他日重遊卻來取。

——《中途小歇》

和陸、尤、楊、范四大家同時的，有浙江永嘉的「四靈」詩派。「四靈」是翁卷（字靈舒）、趙師秀（字紫芝，亦稱靈秀）、徐照（字道暉，亦稱靈暉）、徐璣（字文淵，亦稱靈淵）。他們嫌北宋及同時的詩人多喜歡「連篇累牘，汗漫而垂禁。」（用葉適《徐文淵墓誌》中語），故他們「斂情約性，因狹出奇，合於唐人」。（用葉適《題劉潛夫南嶽詩稿》中語）他們主張作晚唐律詩，要「以浮聲切響，單字只句計巧拙」（《徐文淵墓誌》中語）。葉適稱他們「發今人未悟之機，回百年已廢之學」（《徐道暉墓誌》中語）。而這個運動是一個「唐詩復辟的運動」，但他們只想回到晚唐；晚唐的詩，我們前面曾說過，也是白話詩居多。所以「四靈」的詩，雖然偏重律體，仍舊是白話詩居多。

我們也舉例如下：

趙師秀的詩：

賃得民居亦自清，病身於此寄飄零。
筍從壞砌磚中出，山在鄰家樹上青。
有井極甘便試茗，無花可插任空瓶。
巷南巷北相知少，感爾詩人遠扣扃。

——《移居謝友人見過》

黃梅時節家家雨，青草池塘處處蛙。
有約不來過夜半，閒敲棋子落燈花。

——《約客》

翁卷的詩：

花石與林廬，皆非俗者居。
鋪沙為徑軟，因竹夾籬疏。
留客同家食，教兒誦古書。
常言治生意，只欲似樵漁。
——《友人林居》

綠遍山原白滿川，子規聲裡雨如煙。
鄉村四月閒人少，才了蠶桑又插田。
——《鄉村四月》

徐照（死於西元一二一一年）的詩：

杖屨相從步野田，坐臨階砌和詩篇。
要看隔水人家菊，試借系門漁父船。
且緩歸舟知有月，不生酒興為無錢。

閒來莫問家中事，才得身閒即是仙。

——《同劉孝若野步》

小船停槳逐潮還，四五人家住一灣。
貪看曉光侵月色，不知雲氣失前山。

——《舟上》

徐璣（死於西元一二一四年）的詩：

星明殘照數峰晴，夜靜惟聞水有聲。
六月行人須早起，一天涼露溼衣輕。
宦情每向途中薄，詩句多於馬上成。
故里諸公應念我，稻花香裡計歸程。

——《六月歸途》

無數山蟬噪夕陽，高峰影裡坐陰涼。
石邊偶看清泉滴，風過微聞松葉香。

——《夏日閒坐》

「四靈」的詩，雖是學晚唐，其實還是宋詩，逃不出這個白話文學的框架。南宋晚年有一個才氣很高的詩人劉克莊（字潛夫，號後村，死於西元一二六九年），不幸也去作「四靈」一派的詩，卻不知道「四靈」的詩只配那些才氣拘謹的詩人。劉克莊只該用蘇軾、陸游、楊萬里的詩體，而不該用這種「斂情約性」的詩體。所以他後來不能不打破這種詩派，自成一種變化活動的律體。劉克莊死時年約八十三歲，其死後八年，南宋遂被蒙古征服了。我們可舉他來代表南宋晚年的詩：

生來拙性嗜清幽，因過山家爲小留。
頂笠兒歸行樹沙，提瓶婦去汲溪頭。
參天老樹當門碧，盡日寒泉繞舍流。
我料草堂猶未架，規模已被野人偷。

——《小梓人家》

待鑿新池引一灣，更規高阜敞三間。
縮牆恐犯鄰家地，減樹圖看屋後山。
身隱免貽千載笑；書成猶要十年閒。
門前驀有相尋者，但說翁今怕往還。

——《即事》四之一

這是宋代自然派的詩。他還有許多發表議論的詩：

自入崇甯（徽宗年號）政已荒，由來治忽係毫芒。
初爲禦筆行中旨，漸取兵權付左璫。
玉帶解來須貴幸，珠袍脫下賜降羌。
諸公日侍鈞天宴，不道流人死瘴鄉。
陳跡分明斷簡中，才看卷首可占終。
兵來尚恐妨恭謝，事去方知悔夾攻。
丞相自言芝產第，太師頻奏鶴翔空。
如何直到宣和（徽宗晚年年號）季，始憶元城（劉安世）與了翁（陳瓘）。

——《讀崇寧後長編》

這種體裁於詩不適宜，於律詩更不相宜，所以這種詩自從杜甫的《諸將》以來，沒有一首真正的好詩。宋末的政治腐敗，外面有很強的敵國，而裡面仍舊是很厲害的黨爭，故這一類的詩自然發生。後來宋亡了，亡國的慘痛、種族的觀念，更容易產生這種詩了。這種詩只是議論，很少好詩。

南宋晚年還有一種重要的運動。有位名叫嚴羽的人，著作了一部《滄浪詩話》，極力攻擊宋人的詩，主張回到漢魏盛唐。他用禪門的話頭來說詩如下：

禪宗者流，乘有大小，宗有南北，道有邪正。學者須從最上乘，具正法眼，悟第一義。若小乘禪，聲聞辟支果，皆非正也。論詩如論禪，漢魏晉與盛唐之詩，則第一義也。大曆（唐代宗年號）以還之詩，則小乘禪也，已落第二義矣。晚唐之詩，則聲聞辟支果也。……夫學詩者以識爲主，入門須正，立志須高，以漢魏晉盛唐爲師，不作開元天寶以下人物。……此乃是從頂顙上做來，謂之「向上一路」，謂之「直截根源」，謂之「頓門」，謂之「單刀直入」。

夫詩有別材，非關書也。詩有別趣，非關理也。然非多讀書，多窮理，則不能極其致。所謂不涉理路，不落言筌者，上也。詩者，吟詠情性也。盛唐諸人惟在興趣。羚羊掛角，無跡可求。故其妙處，透徹玲瓏，不可湊泊，如空中之音，相中之色，水中之月，鏡中之象，言有盡而意無窮。近代諸公乃作奇特解會，遂以文字爲詩，以才學爲詩，以議論爲詩。夫豈不工？終非古人之詩也。蓋於一唱三歎之音，有所歉焉。且其作多務使事，不問興致。用字必有來歷。押韻必有出處；讀之反復終篇，不知著到何處。其末流甚者，叫噪怒張，殊乖忠厚之風，殆以罵詈爲詩，詩而至此，可謂一厄也。然則近代之詩無取乎？

曰，有之。我取其合于古人者而已。……餘不自量度，輒定詩之宗旨，且借禪以爲喻，推原漢魏以來，而截然謂當以盛唐爲法（原注：後舍漢魏而獨言盛唐者，謂古律之體備）。

嚴羽論宋詩的流弊確然不錯，但若說他因此主張極端的復古論，要人立志不作開元、天寶以下人物，這就錯了。他責備蘇軾、黃庭堅等人「始自出己意以爲詩」，他不知道「自出己意以爲詩」，正是宋詩的特別長處。宋詩不幸走錯了方向，走入用典和韻的種種「詩玩意兒」的歧途上去。其挽救的方法不在復古，乃在掃除那些種種「詩玩意兒」，乃在採用純粹的白話。若用白話作詩，自然不會有用典和韻的種種歧途了。宋詩本有「作詩如說話」的風格，可惜蘇、黃諸人免不了文人階級「掉文」式的說話，故走入歧途；更可惜「四靈」的運動雖想革新，卻只想回到晚唐的律體；更可惜嚴羽一派既知江西詩派的弊病，也只想回到盛唐。自此以後，南方的詩越走越跳不出這個復古的運動了。

第四章　北宋的詞

北宋白話文學最發達的地方是在詞的地方。我們曾說過，白話韻文的自然風格應該是朝著長短句的方向走的。長短句的詞比起五言或七言的詩，更近於自然的說話方式。故我們看五代的短詞時，覺得比宋人的詩更近於近代的白話。這並不是因爲白話文學到了宋朝又退了回去，而是因爲白話受了詩體的束縛，不能儘量發展。於是我們看宋人的詞時，便知道白話文學在宋朝只在進步，並無退步。

與楊億同時期的晏殊，他的詩與楊億一班人同派，他的詞便有許多是白話風格。例如：

一曲新詞酒一杯，去年天氣舊亭臺，夕陽西下幾時回？
無可奈何花落去，似曾相識燕歸來，小園香徑獨徘徊。

——《浣溪沙》

畫鼓聲中昏又曉，時光只解催人老。求得淺歡風日好。齊唱調，神仙一曲《漁家傲》。
綠水悠悠天杳杳，浮生豈得長年少？莫惜醉來開口笑。須信道，人間萬事何時了？

——《漁家傲》

二月春風，正是楊花滿路。那堪更、別離情緒？羅巾掩淚，任粉痕沾汙。爭奈向，千留萬留不住？
玉酒頻傾，宿愁眉緊。空腸斷、寶箏弦柱。人間後會，又不知何處。魂夢裡，也須時時飛去。

——《殢人嬌》

歐陽脩的詞，向來最通行的只有汲古閣毛氏刻的《六一詞》，那裡面已有許多的白話詞了。近年吳氏雙照樓刻的影宋本《醉翁琴趣外篇》出來之後，我們才知道歐陽脩的許多白話詞是被刪去的。我們先看《六一詞》中的白話詞：

鳳髻金泥帶，龍紋玉掌梳，走來窗下笑相扶，愛道：「畫眉深淺入時無？」

弄筆偎人久，描花試手初；等閒妨了繡工夫，笑問：「鴛鴦兩字怎生書。」

——《南歌子》

今日北池遊，漾漾輕舟，波光瀲灩柳條柔。如此春來春又去，白了人頭。
好妓好歌喉，不醉難休。勸君滿滿酌金甌。縱使花時常病酒，也是風流。

——《浪淘沙》

梅謝粉，柳拖金，香滿舊園林。養花天氣半晴陰。花好卻愁深。
花無數，愁無數，花好卻愁春去。戴花持酒祝東風，千萬莫匆匆！

——《鶴沖天》

《醉翁琴趣外篇》裡有許多很好的白話詞：

羅衫滿袖，儘是憶伊淚。殘妝粉，餘香被；手把金樽酒，未飲先如醉。但向道，厭厭成病皆因你。

離思迢迢遠，一似長江水，去不斷，來無際。紅箋著意寫，不盡相思意。爲個甚，相思只在心兒裡。

——《千秋歲》

樓前亂草，是離人方寸。倚遍欄杆意無盡。羅巾掩，宿粉殘眉，香未減，人與天涯共遠。香閨知人否？長是厭厭，擬寫相思寄歸信。未寫了，淚成行，早滿香箋。相思字，一時滴損。便直饒，伊家總無情，也拼了一生，爲伊成病。

——《洞仙歌令》

爲伊家，終日悶，受盡淒惶誰問？不知不覺上心頭，悄一霎身心頓也沒處頓！腦愁腸，成寸寸。已恁莫把人縈損。奈每每人前道著伊，空把相思淚眼和衣揾。

——《怨春郎》

極得醉中眠，迤邐翻成病。莫是前生負你來，今世裡，教孤冷？言約全無定。是誰先薄幸？不慣孤眠慣成雙，奈奴子、心腸硬！

——《卜算子》

夜來枕上爭閒事，推倒屏山褰繡被，盡人求守不應人，走向碧紗窗下睡。
直到起來由自殢。向道夜來眞個醉。大家惡發大家休，畢竟到頭誰不是？

——《玉樓春》

小桃風撼香紅碎，滿簾籠花氣。看花何事卻成愁？悄不會，春風意。
窗在梧桐葉底，更黃昏雨細。枕前前事上心來，獨自個，怎生睡？

——《一落索》

曉色初透東窗，醉魂方覺。戀戀繡衾半擁，動萬感脈脈，春思無托。追想少年，何處青樓貪歡樂？當媚景，恨月愁花，算伊全妄鳳幃約！
空淚滴，眞珠暗落。又被誰，連宵留著？不曉高天甚意，既付與風流，卻恁情薄。細把身心自解，只與猛拚卻！又及至。見來了，怎生教人惡。

——《看花回》

這種詞比五代十國的詞，更純粹是白話了。這種俗話詞，在當日已成爲一種風氣。歐陽脩是當代的第一文宗，也忍不住作這種短詞。後來的文學大家如蘇軾、柳永、黃庭堅、周邦彥都作有這一類純粹的白話詞。讓我們先說柳永。柳永初名柳三變，是仁宗景祐元年（西元一〇三四年）的進士，是與歐陽脩同時期的人。葉夢得《避暑錄話》曾說：

柳永字耆卿，爲舉子時，多遊狹邪，善爲歌詞。教坊樂工每得新腔，必求永爲詞，始行於世。……余仕丹徒，嘗見一西夏歸朝官云，「凡有井水飲處，即能歌柳詞。」

——葉德輝刻本卷下，頁十

柳永的詞所以能這樣流行，全因爲他最能用俗話作詞。後來選詞的人，如周濟、馮煦之流，只單選他的文言詞，實在埋沒了他的特長。例如選蘇格蘭大詩人班思（Burns）的詩，卻把他的白話情詩都刪了，可不是大笑話嗎？我們現在單選柳永的白話詞如下：

一生贏得是淒涼。追前事，暗心傷。好天良夜，深屏香被，爭忍便相忘。
王孫動是經年去，貪迷戀，有何長？萬種千般，把伊情分，顛倒盡猜量。

——《少年遊》

薄衾小枕涼天氣，乍覺別離滋味。輾轉數寒更，起了還重睡。畢竟不成眠，一夜長如歲。
也擬把卻回征轡，又爭奈已成行計。萬種思量，多方開解，只恁寂寞厭厭地！繫我一生心，負你千行淚。

——《憶帝京》

有個人人眞堪羨，問卻佯羞回卻面。你若無意向咱行，爲甚夢中頻相見？

不如聞（此字有趁字意）早還卻願，免使牽人魂夢亂。風流腸肚不堅牢，只恐被伊牽惹斷。

——《玉樓春》

洞房記得初相遇，便只合長相聚。何期小會幽歡，變作別離情緒？況值闌珊春色莫，對滿目亂花狂絮？直恐好風光，盡隨伊歸去。

一場寂寞憑誰訴？算前言，總輕負。早知恁地難拚，悔不當初留住。其奈風流端正外，更別有繫人心處。一日不思量；也攢眉千度。

——《晝夜樂》

當初聚散，便喚作，無由再逢伊面。近日來，不期而會重歡宴，向尊前，閒暇裡，斂著眉兒長嘆，惹起舊愁無限。

盈盈淚眼，漫向我耳邊，作萬般幽怨。奈你自家心下，有事難見。待音信，眞個恁。別無縈絆，不免收心，共伊長遠。

——《秋夜月》

獨倚危樓風細細，望極離愁，黯黯生天際。草色山光殘照裡，無人會得憑欄意。也擬疏狂圖一醉。對酒當歌，強樂還無味。衣帶漸寬終不悔，爲伊消得人憔悴。

——《蝶戀花》

昨宵裡恁和衣睡，今宵裡又恁和衣睡。小飲歸來，初更過，醺醺醉。中夜後、何事還驚起？霜天冷，風細細，觸疏窗閃閃燈搖曳。空床輾轉重追憶，如願夢任欹枕難繼！寸心萬緒，咫尺千里。好景良天，彼此空有相憐意，未有相憐計。

——《婆羅門令》

皓月初圓，暮雲飄散，分明夜色如晴畫。漸消盡、醺醺殘酒。危閣迥，涼生襟袖。追舊事，一餉憑闌久。如何媚容豔態，抵死孤歡偶？朝思暮想，自家空恁添情瘦。算到頭。誰與伸剖？

向道我別來，爲伊牽繫，度歲經年，偷眼覷、也不忍覷花柳。可惜恁，好景良宵，未曾略展雙眉暫開口。問甚時與你，深憐痛惜還依舊！

——《傾杯樂》

柳永的《樂章集》（上海博古齋有影印汲古閣《六十家詞》本）是白話文學史的重要資料，我們不能列舉。

當時有故事曾說，蘇軾有一次問一個優人道：「我的詞比柳耆卿的如何？」優人答道：「柳屯田的詞最配十七、八歲的女郎，按紅牙拍，唱『楊柳岸曉風殘月』。學士的詞卻須用銅將軍和鐵綽板，唱『大江東去』」，這個批評很有意思。我們現在就可以來看蘇軾的白話詞：

三度別君來，此別眞遲暮。白盡老髭須，明日淮南去。
酒罷月隨人，淚溼花如霧。後月逐君還，夢繞湖邊路。

——《生查子》

回首亂山橫，不見居人只見城。誰似臨平山上塔，亭亭，迎客西來送客行。

臨路晚風清，一枕初寒夢不成。今夜殘燈斜照處，熒熒，秋雨晴時淚不晴。
——《南鄉子》

持杯遙勸天邊月，願月圓無缺！持杯更復勸花枝，且願花枝長在，莫離披。
持杯月下花前醉，休問榮枯事。此歡能有幾人知？對酒逢花不飲，待何時？
——《虞美人》

花褪殘紅青杏小。燕子飛時，綠水人家繞。枝上柳綿吹又少，天涯何處無芳草！
牆裡鞦韆牆外道，牆外行人牆裡佳人笑。笑漸不聞聲漸悄，多情卻被無情惱！
——《蝶戀花》

莫聽穿林打葉聲，何妨吟嘯且徐行？竹杖芒鞋輕勝馬，誰怕！一蓑煙雨任平生。
料峭春風吹酒醒。微冷，山頭斜照卻相迎。回首向來蕭瑟處，歸去，也無風雨也無晴。
——《定風波》

十年生死兩茫茫，不思量，自難忘。千里孤墳，無處話淒涼。縱使相逢應不識：塵滿面，鬢如霜！

夜來幽夢忽還鄉，小軒窗，正梳妝。相顧無言，惟有淚千行。料得年年腸斷處，明月夜，短松岡。

——《江城子》（此似是悼亡之詞）

他還有一首《無愁可解》，更是完全白話的形式：

光景百年，看便一世。生來不識愁味。問愁何處來，更開解個甚底？萬事從來風過耳，何用不著心裡？你喚做展卻眉頭，便是達者？也則恐未。此理，本不通言。何曾道，歡遊勝如名利？道既渾是錯，不道如何即是。這裡元無我與你，甚喚做，物情之外。若須待醉了，方開解時，問無酒，怎生醉？

這首詞有一篇序說：

國士範日新作越調《解愁》，洛陽劉九伯壽聞而悅之，戲作俚語之詩。天下傳詠，以謂幾於達者。……此雖免乎愁，猶有所解也。……乃反其詞，作《無愁可解》。

這篇序兩點注意的地方：第一，當時這種「俚語」的詩詞，必然不少，不過保存下來的不多。第二，作俚語詩的劉九也是洛陽人，與上一篇所提到的那班洛陽詩人既同時期，又同地方。由此可見風氣有一點受地方的關係所影響。

蘇軾是個絕頂聰明的人，其詞的意境比柳永高出許多，但他的詞沒有柳永的詞那樣通行於民間，也正是爲此。蘇軾的詞終究是文人的詞，柳永的詞卻是平民文學。

蘇門的兩大詞家，人稱「秦七黃九」；秦七是秦觀，黃九是黃庭堅。這兩位都是白話詞的好手。以下我們先看秦觀的白話詞：

山路雨添花，花動一山春色。行到小溪深處，有黃鸝千百。
飛雲當面化龍蛇，夭矯轉空碧。醉臥古藤陰下，了不知南北。

——《好事近・夢中作》

玉漏迢迢盡，銀潢淡淡橫。夢回宿酒未全醒，已被鄰雞催起怕天明。
臂上妝猶在，襟間淚尚橫。水邊燈火漸人行，天外一鈎殘月帶三星。

——《南歌子》

纖雲弄巧，飛星傳恨，銀漢迢迢暗度。金風玉露一相逢，便勝卻人間無數。
柔情似水，佳期如夢，忍顧鵲橋歸路？兩情若是久長時，又豈在朝朝暮暮？

——《鵲橋仙》

這些詞的風格還在文言與白話之間。下面的幾首，便眞是當時的白話詞了：

亂花飛絮，又望空鬥合，離人愁苦。那更夜來，一霎薄情風雨。暗掩將，春色去！籬枯壁盡因誰做？若說相思，佛也眉兒聚。莫怪爲伊，抵死縈腸惹肚，爲沒教人恨處。

——《河傳》

幸自得，一分索強，教人難吃。好好地，惡了十來日。恰而今，較些不？
須管啜持教笑，又也何須肐織？衡倚賴臉兒得人惜。放軟頑，道不得。（《品令》「肐織」未詳。衡音諄。《西廂》有「團衡是嬌」。今用「純」字。首句亦不甚可解。）
掉又臞，（未詳）天然個品格於中壓一。簾兒下，時把鞋兒踢，語低低，笑咭咭。
每每秦樓相見，見了無限憐惜。人前強不欲相沾識。把不定，臉兒赤。

——《品令》

秦觀有些詞，在現代人眼裡，覺得頗爲淫褻（如「瘦殺人，天不管」一首），但我們不要忘了時代的區別。秦觀的時代，道學還不曾成立，社會還不曾受道學的影響，故這一類的文學並不算「得罪名教」。秦觀在當時還有人保舉他「賢良方正」呢。

我們看黃庭堅的白話詞，也應該存有這種眼光。我們若拿「假道學」的眼光來責備道學以前的自然道德觀，就像我們現在責備古人爲什麼不用桌椅卻要席地而坐一樣。黃庭堅是宋朝第一位白話詞人，我們拿他的詞來比較他的詩，像是相差十萬八千里，這都是因爲詩的方面雖然經過幾百年的白話化，卻終究不能完全免去廟堂文學與貴族文學的影響，況且五言和七言的詩體確實是不適宜於白話的。詞曲便不同了，長短不齊的體裁和自然的說話口氣接近多了，這是第一個特點。有許多詞曲是幾位詞人替樂工作的，替妓女作的，是要大家懂得，要大家愛聽的。因此，他們用的材料，是老百姓的語言和情感，這是第二個特點。故宋人的白話詞眞可以代表當時代的民間文學。

且看黃庭堅的白話詞如下：

把我身心，爲伊煩惱，算天便知。恨一回相見，百方做計，未能偎倚，早覓東西。鏡裡拈花，水中捉月，覷著無由得近伊。添憔悴，鎭花銷翠減，玉瘦香肌。

奴兒又有行期。你去即無妨，我共誰？向眼前常見，心猶未足，怎生禁得，眞個分離？地角天涯，我隨君去，掘井爲盟無改移。君須是，做些兒相度，莫待臨時。

——《沁園春》

對景還消瘦。被個人把人調戲，我也心兒有。憶我又喚我，見我嗔我。天甚教人怎生受！看承幸廝勾，又是樽前眉峰皺。是人驚怪，冤我忒撋就。拚了又捨了，定是這回休了，及至相逢又依舊！

——《歸田樂引》

暮雨濛階砌。漏漸移，轉添寂寞，點點心如碎。怨你又戀你，恨你惜你。畢竟教人怎生是！前歡算未已。奈向如今愁無計？爲伊聰俊，消得人憔悴。這裡誚睡裡，夢裡心裡，一向無言但垂淚。

——《歸田樂引》

要見不得見，要近不得近。試問得君多少憐，管不解多於恨。禁止不得淚，忍管不得悶；天上人間有底愁，向箇裡，都諳盡。

（詞中「底」字應作「的」字解，與「幹卿底事」的「底」字不同。）

——《卜算子》

退紅衫子亂蜂兒。衣寬只爲伊：爲伊去得忒多時，教人直是疑！
長睡晚，理妝遲，愁多懶畫眉。夜來算得有歸期，燈花則甚知？

——《阮郎歸》

蟲兒眞個惡靈利！惱亂得，道人眼起。醉歸來，恰似出桃源，但目斷，落花流水。
不如隨我歸雲際，共作個住山活計。照清溪，勻粉面，插山花，算終勝風塵滋味。

——《步蟾宮》

對景惹起愁悶，染相思，病成方寸。是阿誰先有意？阿誰薄幸？鬥頓恁，少喜多嗔！
合下休傳音問：你有我，我無你分。似合歡桃核，眞堪人恨！心兒裡有兩個人人！

——《少年心》

黃庭堅的白話詞中，有幾首用當時的方言太多了，以致於後來很少人懂得，甚至於句讀都讀不

斷。我們也舉一例如下：

見來便覺情於我，廝守著，新來好過。人道他家有婆婆，與一口，管教廝啨傳語木大，鼓兒裡且打一和。更有些兒得處囉，燒沙糖，香藥添和。（此中副靖即副淨，看王國維先生《宋元戲曲史》，頁八七）

——《鼓笛令》

這種詞在柳永、秦觀的集子裡也有，但黃庭堅的詞裡最多。有人說：「這就可見白話的害處了。白話是常常變的，故一個時代的通行俗話，隔了幾年，就沒有人懂得了。到底還是文言不變的好。」這話大錯了。我們現在不懂得宋人詞裡的方言，並不是方言的罪過，乃是注家和做字典的人的罪過。假使任淵（《山谷內集》注）、史容（《山谷外集》注）、史溫（《山谷別集》注）一班人當日肯把他們蒐求古典出處的時間分出一小部分來，替《山谷詞》裡的方言俗話都做出詳細的解釋，後人便沒有這種困難了。他們只肯浪費時間去注那「司馬寒如灰，禮樂卯金刀」（山谷詩）一類不通的古典詩，也不肯注釋方言俗語，編字書詞典的人也是如此。怪不得我們現在不懂得當時的方言了。

與黃庭堅同時期的，還有一位大詞人周邦彥，他也作了不少的白話詞。我們也舉例如下：

幾日來，眞個醉。不知道窗外亂紅，已深半指。花影風搖碎。擁春醒乍起，有個人人生得濟楚，來向耳畔，問道：「今朝醒未？」情性兒，慢騰騰地，惱得人又醉！

——《紅窗回》

千紅萬翠，簇定清明天氣。爲憐他，種種清香，好難爲不醉。我愛深如你，我心在個人心裡。便相看，老卻春風，莫無些歡意。

——《萬里春》

佳約人未知，背地伊先變。惡會稱停事，看深淺。如今信我，委的論長遠。好來無可怨。自（四印齋本作泊，今從汲古閣本）合教伊，因些事後分散。密意都休，待說先腸斷。此恨除非是，天相念。堅心更守，未死終相見。多少閒磨難！到得其時，知他做甚頭眼？

——《歸去難》

水竹舊院落，櫻筍新蔬果。嫩英翠幄，紅杏交榴火。心事暗卜，葉底尋雙朵。深夜歸青鎖。燈盡酒醒時，曉窗明，釵橫鬢嚲。

怎生那，被間阻時多？奈愁腸數疊，幽恨萬端，好夢還驚破！可怪近來，傳語也無個。莫是嗔人呵？眞個若嗔人，卻因何，逢人問我？

——《浣溪沙慢》

鉛華淡佇新妝束。好風韻，天然異俗。彼此知名，雖然初見，情分先熟。

爐煙淡淡雲屏曲！睡半醒，生香透肉。賴得相逢，若還虛過，生世不足！

——《玉團兒》

並刀如水，吳鹽勝雪，纖指破新橙。錦幄初溫，獸煙不斷，相對坐調笙。

低聲問：「向誰行宿？城上已三更。馬滑霜濃，不如休去。——直是少人行。」

——《少年遊》

以上所舉的例子，足以代表北宋的白話詞。北宋的詞，有兩個很顯明的趨勢：第一是因襲的文人短詞，這種詞的特別性質是美麗的字面，諧婉的音調，浮泛的情意。例如：

露下風高，井梧宮簟生秋意。畫堂筵啓，一曲呈珠綴。
天外行雲，欲去凝香袂。爐煙起，斷腸聲裡，斂盡雙蛾翠。

——晏殊的《點絳唇》

這是溫庭筠、韓偓以來的「正宗衣缽」。在這一類的詞裡，北宋的詞與晚唐五代的詞實在沒有什麼大分別。所以晏殊、歐陽脩等人的詞集裡有許多詞往往又見於晚唐五代人的集子裡。其實這種詞見於誰的集裡，本沒有什麼關係，因爲他們都是因襲、模仿的，而這類因襲的不是眞宋詞。第二類便是宋朝文人作的「俚語」詞，而這類詞便完全不像晚唐五代的詞了。歐陽脩的俚語詞有時也跑到柳永的集子裡，但這種宋人的俚語詞，絕不會跑到韓偓、馮延己的集子裡去。這是時代的區別。我們上文選的歐陽脩《醉翁琴趣外篇》以下各家的白話詞，大多數是這一類的。這種詞用的是當時老百姓的言語，寫的是當時的感情生活，所以它們是宋代白話文學的正式代表。

第五章 南宋的白話詞

詞的進化到了北宋歐陽脩、柳永、秦觀、黃庭堅的「俚語詞」，差不多可說是純粹的白話韻文了。不幸這個演變到了南宋，卻因著一個打擊，而漸漸地退回到復古的路上去。

南宋的詞人有兩大派：一派承接北宋白話詞的遺風，能免去柳永、黃庭堅一班人的淫褻習氣，而加入一種高超的意境與情感，卻仍不失去白話詞的好處。這一派，我們可用辛棄疾、陸游、劉過、劉克莊作代表。一派專在聲調字句典故上做工夫；字面越文言化，典故用得越巧妙了，但沒有什麼內容，算不上有價值的文學。這一派古典主義的詞，我們可用吳文英作代表。

辛棄疾（字幼安，號稼軒，死時約當西元一二〇五年）本是北方（曆城）人。他少年時，與耿京起兵於山東，決定南歸，從事幾件很偉大的事業（看《宋史》，卷四一〇）。他於宋高宗末年歸於宋朝（西元一一六二年），那時他只有二十三歲。他和南宋的大文人與大詩人都往來很密切的。他的天分最高，才氣縱橫，飽讀詩書，故他的詞無論長調小令，都能放恣自由，淋漓痛快，誠然算是南宋的第一大家。他的長調有時還免不了用典的習氣，這是蘇、黃一派的遺風，一時不容易擺脫。劉克莊說：「放翁、稼軒一掃纖豔，不事穿鑿。高則高矣，但時時掉書袋，要是一癖。」我們就先舉幾首非白話的長調如下：

一水西來，千丈晴虹，十里翠屏。喜草堂經歲，重來杜老；斜川好景，不負淵明。老鶴高飛，一枝投宿，長笑蝸牛戴屋行。平章了，待十分佳處，著個茅亭。青山意氣崢嶸，似爲我歸來嫵媚生：解頻教花鳥，前歌後舞；更催雲水，暮送朝迎。酒聖詩豪，可能無勢？我乃而今駕馭卿！清溪上，被山靈卻笑，白髮歸耕。（此詞亦有異文，如下闋「青山」爲「功名」，「雪」爲「雲」，疑另有版本。）

——《沁園春．期思蔔築》

杯汝來前！老子今朝，點檢形骸。甚長年抱渴，咽如焦釜，於今喜睡，氣似奔雷。汝說劉伶，古今達者，醉後何妨死便埋。渾如此，歎汝於知己，眞少恩哉！更憑歌舞爲媒，算合作平居鴆毒猜。況怨無小大，生於所愛；物無美惡，過則爲災。與汝成言：勿留！亟退！吾力猶能肆汝杯！杯再拜道：麾之即去，招則須來。

——《沁園春．將止酒（戒酒杯使勿近）》

這種詞雖有「掉書袋」的毛病，但他們的口氣都是說話的口氣。這種詞的性質與弊病都和蘇軾、黃庭堅一派的詩相同：好處在說話的口氣，壞處在掉書袋。但辛棄疾有一首《醜奴兒近》，題目是〈博山道中，效李易安體〉：

千峰雲起，驟雨一霎兒價。更遠樹斜陽，風景怎生圖畫？青旗賣酒，山那畔別有人家。只消山水光中，無事過者一夏。

午醉醒時，松窗竹户，萬千瀟灑。野鳥飛來，又是一般閒暇。卻怪白鷗，覷著人欲下未下。舊盟都在，新來莫是，別有說話？

這是一首很奇妙的白話詞，但他自己說是「效李易安體」，這是值得注意的。李易安乃是宋代的一位女文豪，名清照，號易安居士。李清照是濟南人，與辛棄疾是同鄉。她生於神宗元豐五年（西元一〇八二年），當辛棄疾出生時（西元一一四〇年），李清照已是近六十歲的人了。李清照（詳見俞正燮《癸巳類稿》中「易安居士事輯」篇）少年時即負文學的盛名，她的詞更是傳誦一時。可惜她的詞現存的不多（有王氏四印齋輯刻本），但我們知道她是最會作白話詞的。例如：

紅耦香殘玉簟秋。輕解羅裳，獨上蘭舟。雲中誰寄錦書來？雁字回時，月滿西樓。
花自飄零水自流。一種相思，兩處閒愁。此情無計可消除，才下眉頭，卻上心頭。

——《一剪梅》

窗前種得芭蕉樹，陰滿中庭，陰滿中庭；葉葉心心，舒卷有餘情。
傷心枕上三更雨，點滴淒清，點滴淒清，愁損離人，不慣起來聽。

——《添字採桑子・芭蕉》

而最有名的自然是她的《聲聲慢》：

尋尋覓覓，冷冷清清，淒淒慘慘戚戚。乍暖還寒時候，最難將息。三杯兩盞淡酒，怎敵他，晚來風急！雁過也，正傷心，卻是舊時相識。
滿地黃花堆積。憔悴損，如今有誰堪摘？守著窗兒，獨自怎生的黑！梧桐更兼細雨，到黃昏點點滴滴。這次第，怎一個愁字了得！

這種白話詞眞是絕妙的文學，也因此她在當時影響了許多人。李清照雖生於北宋，但到南渡時，她已

是五十歲的老婦人了。但她對於北宋的大詞家，二晏、歐陽、蘇、秦、黃，——都表示不滿意（引見胡仔《苕溪漁隱叢話》）；故我們把她附見於此。辛棄疾定受她的影響不少。我們上文所舉的那首「效李易安體」的《醜奴兒近》，乃是辛棄疾在博山道中作的；辛詞中還有許多白話詞也是在博山作的。博山在山東，這些詞當是他少年時代未到南方以前的作品。我們可以說，辛棄疾少年時一定受到李清照的許多影響。

辛棄疾的短詞裡有很多極好的白話作品，例如：

昨日春如十三女兒學繡，一枝枝不教花瘦。甚無情便下得雨僝風僽，向園林鋪作地衣紅縐！而今春似輕薄浪子難久。記前時送春歸後，把春波都釀作一江醇酎，約清愁，楊柳岸邊相候。

——《粉蝶兒》

寶釵分，桃葉渡。煙柳暗南浦。怕上層樓，十日九風雨。斷腸點點飛紅，都無人管，更誰遣流鶯聲住？

鬢邊覷。應把花卜歸期，才簪又重數。羅帳燈昏，哽咽夢中語：「是他春帶愁來；春歸何處？卻不解、帶將愁去！」

——《祝英臺近》

明月別枝驚鵲，清風半夜鳴蟬。稻花香裡說豐年，聽取蛙聲一片。
七八個星天外，兩三點雨山前。舊時茆店社林邊，路轉溪橋忽見。

——《西江月・夜行黃沙道中》

醉裡且貪歡笑，要愁那得工夫？近來始覺古人書，信著全無是處。
昨夜松邊醉倒，問松：「我醉何如？」只疑松動要來扶，以手推松曰：「去」！

——《西江月》

萬事雲煙忽過，百年蒲柳先衰。而今何事最相宜？宜醉、宜遊、宜睡。
早趁催科了納，更量出入收支。乃翁依舊管些兒：管竹、管山、管水。

——《西江月・示兒曹以家事付之》

茅簷低小，溪上青青草。醉裡吳音相媚好，白髮誰家翁媼？
大兒鋤豆溪東，中兒正織雞籠；最喜小兒無賴，溪頭看剝蓮蓬。
——《清平樂・博山道中即事》

欲行且起行，欲坐重來坐。坐坐行行有倦時，更枕閒書臥。
病是近來身，懶是從前我。靜掃瓢泉竹樹陰，且恁隨緣過。
——《卜算子・聞李正之茶馬訃音》

一個去學仙，一個去學佛。仙飲千杯醉似泥，皮骨如金石。
不飲便康強，佛壽須千百。八十餘年入涅槃——且進杯中物！
——《卜算子・飲酒成病》

少年不識愁滋味：愛上層樓，愛上層樓，爲賦新詩強說愁。
而今識盡愁滋味：欲語還休，欲語還休，卻道天涼好個秋！
——《醜奴兒・書博山道中壁》

幾個相知可喜，才廝見，說山說水。顛倒爛熟只這是；怎奈何，一回說，一回美。有個尖新底，說底話非名即利，說的口乾罷過你。且不罷，俺略起，去洗耳。（此詞中兩用「底」字，一用「的」字，可注意它們的區別。）

——《夜遊宮·苦俗客》

長夜偏冷添被兒。枕頭兒移了又移。我自是笑別人的，卻原來當局者迷！如今只恨因緣淺，也不曾抵死恨伊。合手下，安排了，那筵席，須有散時。

——《戀繡衾》

走去走來三百裡，三日以爲期。六日歸時已是疑，應是望歸時。鞭個馬兒歸去也，心急馬行遲。不免相煩喜鵲兒，先報那人知。

——《武陵春》

有得許多淚，更閒卻，許多鴛被。枕頭兒，放處都不是，舊家時，怎生睡？更也沒書來，那堪被，雁兒調戲，道無書，卻有書中意。排幾個人人字！

——《尋芳草·嘲陳華叟憶內》

一輪秋影轉金波，飛鏡又重磨。把酒問姮娥：被白髮欺人奈何？
乘風好去，長空萬里，直下看山河。斫去桂婆娑，人道是清光更多。

——《太常引・建康中秋爲呂潛叔賦》

悠悠萬世功，矻矻當年苦。魚自入深淵，人自居平土。
紅日又西沉，白浪長東去。不是望金山，我自思量禹！

——《生查子・題金口塵表亭》

這些詞裡的性質各有不同之處，——寫情的、寫天然風景的、發表議論的，滑稽的、代表時代的，和感慨的（如「不是望金山，我自思量禹」）都有了。

辛棄疾是南宋的第一大詞人，與他同時期的詩人陸游也會作詞。陸游和辛棄疾一樣，也是一位很有理想抱負的人，不幸沒有一展長才的機會，故他的詩詞足可代表當時愛國志士的文學。例如：

雪曉清笳亂起，夢遊處，不知何地，鐵騎無聲望似水。想關河，雁門西，青海際。
睡覺寒燈裡，漏聲斷，月斜窗紙。自許封侯在萬里。有誰知？鬢雖殘，心未死。

——《夜遊宮・記夢》

劉克莊說陸游也免不了「掉書袋」的毛病，但陸游的短詞也有很好的：

華燈縱博，雕鞍馳射，誰記當年豪舉？酒徒一半取封侯，獨去作江邊漁父。
輕舟八尺，低篷三扇，占斷蘋洲煙雨。鏡湖元自屬閒人，又何必官家賜與！

——《鵲橋仙》

茅簷人靜，蓬窗低暗，春晚連江風雨。林鶯巢燕總無聲，但月夜常啼杜宇。
催成清淚，驚殘孤夢，又揀深枝飛去。故山猶自不堪聽，況半世飄然羈旅！

——《鵲橋仙・夜聞杜鵑》

採藥歸來，獨尋茅店沽新釀。暮煙千嶂，處處聞漁唱。
醉弄扁舟，不黏天浪。江湖上，遮回疏放，作個閒人樣。

——《點絳唇》

驛外斷橋邊，寂寞開無主。已是黃昏獨自愁，更著風和雨。

無意苦爭春，一任群芳妒。零落成泥碾作塵，只有香如故。

——《卜算子・詠梅》

陸游還有一些白話短詞，不曾收到集子裡去。我們看《耆舊續聞》記載他的《贈別》詞（引見舒夢蘭《白香詞譜箋》卷二，頁十一），可以想見當時的詞人往往刪去他們的白話短詞，正與歐陽脩的《六一詞》刪去許多白話短詞一樣，這是最可惜的。清朝朱彝尊自己編詩集，不刪他的風懷詩，並說他寧可吃不著聖廟裡的冷豬肉，也不肯刪他的情詩，可惜這塊冷豬肉已埋沒了不少的好詩詞了。

南宋的「時代文學」自然是陸游、楊萬里的詩與辛棄疾一派的詞。張孝祥（《於湖詞》）、張元幹（《蘆川詞》）、陳亮（《龍川詞》）、劉過（《龍洲詞》）、劉克莊（《後村詞》）都屬於這一派。劉過最像辛棄疾，人品與文學都是近似於辛派。他有依附辛棄疾的《沁園春》一篇如下：

斗酒彘肩，風雨渡江，豈不快哉！被香山居士（白居易），約林和靖（逋）與坡仙老（蘇軾），駕勒吾回。坡謂：「西湖正如西子，濃抹淡妝臨鏡臺」。二公者，皆掉頭不顧，只管傳杯。

白云：「天竺去來！圖畫裡崢嶸樓閣開。愛縱橫二澗，東西水繞；兩峰南北，高下雲堆。」逋曰：「不然，暗香浮動，不若孤山先訪梅。須晴去，訪稼軒未晚，且此徘徊。」

這首詞，嶽珂說他「白日見鬼」，不敢置信；但這種自由恣肆的精神，確實是辛派的特色。而劉過亦有很好的白話短詞如下：

一鎖窗兒明快，料想那人不在。熏籠脫下舊衣裳，件件香難賽。匆匆去得忒煞，這鏡兒，也不曾蓋。千朝百日不曾來，沒這些兒個采。

——《行香子》

別酒醺醺渾易醉，回過頭來三十裡！馬兒只管去如飛，牽一會。坐一會，斷送殺人山共水！是則青衫終可喜，不道恩情拚得未？雪迷村店酒旗斜，去也是？住也是？煩惱自家煩惱你。

——《天仙子》

雖然劉克莊說辛、陸的詞免不了「掉書袋」的習氣，但是他自己的詞實在是辛派的嫡傳。再看他的長調如下：

何處相逢？登寶釵樓，訪銅雀臺。喚廚人斫就，東溟鯨膾；圉人呈罷，西極龍媒（馬名）。天下英雄，使君與操，餘子誰堪共酒杯？車千乘，載燕南代北，劍客奇材。
飲酣鼻息如雷，誰信被晨雞催喚回？嘆年光過盡，功名未立；書生老去，機會方來。使李將軍，遇高皇帝，萬户侯何足道哉！披衣起，但淒涼感舊，慷慨生哀。

——《沁園春·夢方孚若》

北望神州路，試平章這場公事，怎生分付？記得太行山百萬，曾入宗爺（宗澤）駕馭；今把作握蛇騎虎！君去京東豪傑喜，想投戈，下拜「眞吾父！」談笑裡，定齊魯。
兩淮蕭索惟狐兔。問當年祖生去後，有人來否？多少新亭揮淚客，誰夢中原塊土！算事業須由人做！應笑書生心膽怯，向車中閉置如新婦，空目送，寒鴻去！

——《賀新郎·送陳子華赴眞州》

雖然這種詞不免掉書袋，但它有悲壯的感情，高尚的見解，偉大的才氣，故不失爲好詞。這是辛派的特別長處，我們再舉一首長詞如下：

有個頭陀，形等枯株，心猶死灰。幸春山筍賤，無人爭吃，夜爐芋美，與客同煨。何處幡花，忽相導引？莫是天宮迎赴齋。又疑道，向毗耶城裡，講席初開。這邊尚自徘徊，笑那裡紛紛早見猜。有尊神奮杆，拳粗似缽；名緇豎拂，喝猛如雷。老子無能，山僧不會，誰誤檀那舉請哉？山中去，便百千億劫，休下山來！

——《沁園春・癸卯佛生翌日將曉，夢中作，既醒但易數字》

我們舉他的短詞幾首如下：

片片蝶衣輕，點點猩紅小。道是天公不惜花，百種千般巧。
朝見樹頭繁；暮見樹頭少。道是天公果惜花，雨洗風吹了。

——《卜算子・海棠盛開，風雨作祟》二首之一

休彈別鶴，淚與弦俱落。歡事中年如水薄，懷抱那堪作惡？
昨宵月露高樓，今朝煙雨孤舟。除是無身方了，有身長有閒愁。

——《清平樂・別意》

亂似盎中絲，密似風中絮；行遍茫茫禹跡來，底是無愁處。
好客挽難留，俗事推難去。惟有翻身入醉鄉，愁欲來無路。

——《卜算子》

陌上行人怪府公，還是文窮？還是詩窮？下車上馬太匆匆，來是春風，去是秋風。
階衙免得帶兵農，嬉到昏鐘，睡到齋鐘。不消提嶽與知宮，喚作山翁，喚作溪翁。

——《一剪梅・袁州解印》

束緼宵行十里強，挑得詩囊，拋了衣囊。天寒路滑馬蹄僵，元是王郎，來送劉郎。
酒酣耳熱說文章，驚倒鄰牆，推倒胡床。旁觀拍手笑疏狂；疏又何妨？狂又何妨？

——《一剪梅・余赴廣州，實之（王邁）夜餞於風亭》

以上說的是辛棄疾到劉克莊這一派。這一派是「時代的文學」，現在且略說宋詞的第二派——古典主義的一派。這一派的詞，在我們看來，實在沒有什麼文學價值，只可以代表文學史上一個守舊的趨勢。在此我們只舉薑夔、吳文英二人。薑夔與楊萬里、范成大等人同時期，他的詩近似於白話，但他的詞卻是古典主義的居多。他也是精通音樂的人，一字一句都不肯放過，故不知不覺地趨向雕琢的路上去了。我們就舉他自己制的《暗香》與《疏影》兩闋如下：

舊時月色，算幾番照我，梅邊吹笛？喚起玉人，不管清寒與攀摘。何遜而今漸老，都忘卻，春風詞筆。但怪得，竹外疏花，香冷入瑤席。

江國正寂寂，歎寄與路遙，夜雪初積。翠尊易泣，紅萼無言耿相憶。長記曾攜手處，千樹壓西湖寒碧，又片片吹盡也，幾時見得？

——《暗香》

苔枝綴玉，有翠禽小小，枝上同宿。客裡相逢，籬角黃昏，無言自倚修竹。昭君不慣胡沙遠，但暗憶，江南江北。想佩環，月夜歸來，化作此花幽獨。

猶記深宮舊事，那人正睡裡，飛近蛾綠。莫似春風，不管盈盈，早與安排金屋。還教一片隨波去，又卻怨，玉龍哀曲。等恁時，再覓幽香，已入小窗橫幅。

——《疏影》

這兩首都是詠梅花的詞。我們讀完以後，和不曾讀過一樣，竟不知道他說了些什麼。《疏影》一首則更不成內容了：全篇用了杜甫詠明妃塚的詩和壽陽公主的故事，說到最後，卻又沒有後續，反而說到不相干的畫中梅花；這種毫無意義的詞，偏有人說是「前無古人，後無來者；自立新意，眞爲絕唱！」令人無法理解。

吳文英也和他們同時期，其著有《夢窗四稿》，他的詞更是不堪請教了。宋末詞人張炎說：「吳夢窗詞如七寶樓臺，眩人眼目；碎折下來，不成片段。」這話說得最好。這派的詞多只會「堆砌」；堆砌成七寶樓臺，並非十分難事；但這種堆砌成的東西，禁不起分析，一經分析後，便成磚頭灰屑了。我們舉他集子裡開卷的第一首詞爲例：

紺縷堆雲，清腮潤玉，氾人初見。蠻腥未洗，海客一懷淒惋。渺征槎，去乘閬風，占香上國幽心展。遺芳掩色，眞姿凝澹，返魂騷畹。一盼，千金換。又笑伴鴟夷，共歸吳苑。離煙恨水，夢杳南天秋晚。比來時，瘦肌更銷，冷熏沁骨悲鄉遠。最傷情，送客咸陽，佩結西風怨。

——《鎖寒窗》

從此詞來看，他忽然說蠻腥，又忽然說上國；一會用《楚詞》，一會又說西施；忽然說吳苑，忽然又飛到咸陽了。看來看去，吾人可知道他究竟說的是什麼呢？原來他的題目是「詠玉蘭花」！

這是古典文學的下下品。我們上文說過，辛棄疾一派的詞人有時也掉書袋。但是掉書袋之中卻有差異：辛棄疾、劉克莊一班人，天分既高，感想又豐富，見解獨到，故他們掉書袋還不令人生厭。例如上文所舉的劉克莊《沁園春》詞裡的「使李將軍，遇高皇帝，萬戶侯何足道哉？」一句，只是借事論事，還能算是好句子。至於吳文英那班「低能」的文人，氣力只有那麼大，掮不起書袋，偏要掉書袋，所以壓死在書袋底下，萬劫不得翻身了！

吳文英一派的詞，還能受人崇拜，居然有人推他做南宋第一大家。清代《四庫提要》說：「詞家之有吳文英，亦如詩家之有李商隱也。」詩到李商隱，可算是一大厄運；詞到吳文英，更可算是一大厄運。

宋末的詞人，除了少數人（如劉克莊）之外，總不免帶一些這種古典主義的氣息。王沂孫（《花外集》）、張炎（《山中白雲詞》）等都屬於這一派。張炎偶有好詞，如《高陽臺・西湖春感》云：「能幾番遊？看花又是明年！東風且伴薔薇住，到薔薇春已堪憐。」（此詞似調寄《高陽臺》）但大部分都是雕琢堆砌的文學。張炎並著有一部《詞源》，論作詞的門徑，當中有云：

> 詞之語句太寬則容易，太工則苦澀。如起頭八字相對，中間八字相對，卻須用功。著一字眼如詩眼，亦同。若八字既工，下句便合稍寬，庶不窒塞。約莫寬易，又著一句工致者，便覺精粹。此詞中之關鍵也。

如此論詩和論詞，便入歧途。他們這一派的詞人，頗排斥辛棄疾一派，說他們只會「作豪氣詞，非雅詞也；於文章餘暇，戲弄筆墨，爲長短句之詩耳。」可惜他們自己就缺少這一點豪氣，故走向死胡同裡去，爬不出來了。

以上說的都是南宋文人的詞。我們在上文曾說過，北宋的詞人往往爲娼妓、樂工作詞，柳永、秦觀、黃庭堅、周邦彥都作過這種詞。這種詞是要人人聽得懂，又要人人都愛聽的，故他們和平民文學相當接近。當時必定有許多通行的詞可作樣本，可惜這種眞正的平民作品都消失了。南宋的妓女文學，我們找至幾首並舉例在此。宋末元初的周密（也是當時一個大詞家，有《草窗詞》之作）著有一部《齊東野語》，其中有一條說：

蜀妓類能文，蓋薛濤之遺風也。放翁客蜀挾一妓歸，蓄之別室，率數日一往。偶以病少疏，妓頗疑之，因作詞自解，妓即韻答之云：

說盟，說誓，說情，說意，動便春愁滿紙。多應念得「脫空經」，是那個先生教底？

不茶，不飯，不言，不語，一味供他憔悴。相思已是不曾閒，又那得工夫咒你？

（此詞似調寄《鵲橋仙》）

又引一蜀妓述送行詞如下：

欲寄意，渾無所有，折盡市橋官柳。看君著上征衫，又相將放船楚江口。

後會不知何日又？是男兒，休要鎮長相守！苟富貴，毋相忘，若相忘，有如此酒。

以上都是很好的詞。尤其是第二首不大像是妓女作的，但第一首可算是一首好的白話詞。這種妓女文學不限於四川，別處也有。

《齊東野語》又記有臺州營妓嚴蕊的詞三首。嚴蕊在歷史上頗有名氣，因爲她和當時的學者唐仲友相好，唐仲友和朱熹有私怨，朱熹奏參仲友與妓女嚴蕊爲濫，把嚴蕊捉去拷問，要她承認，她不肯承認。她兩月之間受了兩次杖責，她終不肯誣害她的朋友。朱熹的後任官哀憐嚴蕊，命她作詞自陳，她作詞云：

不是愛風塵，似被前緣誤。花落花開自有時，總賴東君主。

去也終須去，住也如何住？若得山花插滿頭，莫問奴歸處。

（此詞似調寄《卜算子》）

之後官府即日判令她從良。這個朱熹、唐仲友的案子在道學史上是一樁很有趣味的故事，也是道學先生維持風教的開幕戲。而洪邁《夷堅志》也記載此事如下：

臺州官妓嚴蕊，尤有才思，而通書究達今古。唐與正（仲友）爲守，頗屬目。朱元晦（熹）提舉浙東，按部發其事，捕蕊下獄，杖其背；猶以爲五百行杖輕，復押至會稽，再論決。蕊墮酷刑，而系樂籍如故。岳商卿霖提點刑獄，因疏決至臺，蕊陳狀乞自便。岳令作詞，應聲口占云（詞見上）……。岳即判從良。

洪邁與朱熹同時，又是朋友；況且這案子發生於淳熙九年，洪邁於淳熙十一年起知婺州，地點相近。他的記載，應該可信。《夷堅志》又記載另一件事如下：

江浙間路妓伶女有慧點知文墨，能於席上指物題詠，應命輒成者，謂之「合生」。其滑稽含玩諷者，謂之「喬合生」。蓋京都遺風也。予守會稽，有歌諸宮調女子洪惠英，正唱詞次，忽停鼓，白曰：「惠英述懷小曲，願容舉似。」乃歌曰：

梅似雪，剛被雪來相挫折。雪裡梅花，無限精神總屬它。

梅花無語，只有東君來作主。傳語東君，來與梅花作主人。

歌畢，再拜云：「梅者，惠英自喻。非敢僭擬名花，姑以借意。雪者，指無賴惡少者。」官奴因言，其人在府一月而遭惡子困擾者至四五，故情見乎詞。在流輩中誠不易得。

嚴蕊與洪惠英都是浙江人。四川在極西，浙江在極東，都有這一類的妓女文學，這也是値得注意的。我的朋友顧頡剛先生近來給我一封信，其中有一段說：

那時官妓只許歌舞佐酒，不許私侍枕席；爲應歌唱的需要，故容易通文。她們的通文，只要能夠纏綿婉轉的表達情意，並沒有貴族文學古典主義的迫逼，所以作詩作詞都成了說話。況且因爲要纏綿婉轉的表達情思，娛樂狎客，尤不能不用像說話般詩詞。她們即便不能自己作去，她們採擇來的詩詞，也不能不是像說話般明白的作品。又因爲她們必須用詩詞入樂，所以採擇來的詩詞必須協律可歌。有此數種原因，我覺得國語文學的推行，娼妓頗有大力。一班士大夫所以能作白話詩詞，未必不是受娼妓的同化。……他們所以向白話方面走，正因爲有「旗亭畫壁」一類的故事在背後引誘。所以我們可以說，一班士大夫維持貴族文學，爲的是科舉的逼迫；一班士大夫提倡白話，爲的是樂工娼妓的誘導。假使那時的娼妓也像現在這樣不講究歌舞，唐宋的文學家絕不會有這樣多的白話作品。……唐宋時白話文學雖很有成績，但尚未到完全平民化的地位，所以樂工妓女需要文學家代為制詞。到後來，越傳越廣，越傳越普通明白，所以她們便可以自己作，不須乞憐士大夫了。所以她們唱她們的曲子；士大夫填詞的填詞，制曲的制曲，卻不必唱，又可以填塞許多典故了。

這一段議論，我認爲見解不錯。但我想當初文人代娼家作詞，未必那時全沒有平民自己作的白話文學，也未必不是文人有意模仿這種白話作品。這一點，我和頡剛所見稍有不同。至於他說後來娼家自己作歌詞了，文人自作文人的古典作品了，這話是完全不錯的。南宋詞人如薑夔、吳文英、張炎、王沂孫都是精通音樂的，他們創制了許多詞調，都是可歌頌的。他們自有他們的「家樂」，如薑夔的「小紅低唱我吹簫」，已變成貴族式的賞鑒，故與民間的白話作品分手了。

從此以後，南方的文學又回到復古的路上去。但娼妓與小兒女們仍舊繼續作他們的平民作品。後來詞一變爲小曲，小曲再變爲弦索套數，套數加上說白，三變而爲戲劇。在這三變之中，北方民族的功勞最大。南方民族雖然也有絕好的民間作品，只可惜這種平民作品被貴族文學家的勢力遮住了，沒有人過問，沒有人蒐集，任憑他們自生自滅；直到近來方才有人蒐集這種平民文學，但已太遲了，這當中已不知埋沒了多少佳作。

第六章　兩宋白話語錄

晚唐以來，禪宗分出許多宗派，散布各地，而這種語錄的文體也跟著散布各地。當時雖然也有許多和尚愛學時髦，愛作不通的駢文和半通的古文，如宋代的契嵩（西元一〇〇六至西元一〇七二年）作的《鐔津文集》（《大藏經露》十至十一），但大多數的大師說法講道的紀錄，都是用白話寫的。這種文體到北宋時，更完備了。我們也舉宋代的語錄幾條來作例：

克勤（園悟禪師）：

……知有此事，不從他得。所以道「靈從何來，聖從何起」。只如諸人現今身是父母血氣成就：若於中識得靈明妙性，則若凡若聖，覓你意根了不可得，便乃內無見聞覺知，外無山河大地。尋常著衣吃飯，更無奇特。所以道，「我若向刀山，刀山自摧折；我若向地獄，地獄自消滅」。方知有如是靈通，有如是自在。……雲門大師道：「你且東卜西卜，忽然卜著也不定。」若也打開自己庫藏，運出自己家財，拯濟一切；教無始妄想一時空索索地，豈不慶快？

老僧往日爲熱病所苦，死卻一日，觀前路黑漫漫地，都不知何往。獲再甦醒，遂驚駭生死事，便乃發心行脚，尋訪有道知識，體究此事。初到大潙，參眞如和尚，終日面壁默坐，將古人公案翻覆看。及一年許，忽有個省處。然只認得個昭昭靈靈，驢前馬後，只向四大身中作個動用。若被人搊著，一似無見處；只爲解脫坑埋，卻禪道滿肚，於佛法上看即有，於世法上看即無。後到白雲先師處，被他云：「你總無見處」，自此全無齩嚼分，遂煩悶辭去，心中疑情終不能安樂。又上白雲，再參先師，便令作侍者。一日忽有官員問道次，先師云：「官人，你不見小豔詩道，頻呼：『小玉元無事，只要檀郎認得聲』？」官人卻未曉，老僧聽得，忽然打破漆桶，向脚跟下親見得了，元不由別人。方信乾坤之內，宇宙之間，中有一寶祕在形山，已至諸佛出世，祖師西來，只教人明此一件事。若也未知，只管作知作解，瞠眉努目，元不知只是捏目生華，擔枷過狀，何曾得自在安樂？……若實到此；便能提倡大因緣，建立法幢，與一切人抽釘拔楔，解黏去縛。如是，揭千人萬人，如金翅鳥入海，直取龍吞；如諸菩薩入生死海中撈摝衆生，放在菩提岸上：方可一舉一切舉，一了一切了。有時一喝如金剛王寶劍，有時一喝如踞地獅子，有時一喝如探竿影草，有時一喝不作一喝用：方可殺活自由，布置臨時，謂之「我爲法王，於法自在。」諸人既是挑囊負缽、遍參知識，懷中自有無價之寶，方向這裡參學。先師常云，「莫學琉璃瓶子禪，輕輕被人觸著，便百雜碎。參時須參皮殼漏子禪，任是向高峰頂上撲下，亦無傷損。劫火洞然，我此不壞。」若是作家本分漢，遇著咬豬狗底手脚，放下復子靠將去。十年二十年，管取打成一片。……萬古碧潭空界月，再三撈摝始方知！

——《圓悟佛果禪師語錄》卷十三

宗杲（大慧禪師）：

妙喜（宗杲的庵名妙喜，故自稱如此。）自十七歲便疑著此事，恰恰參十七年，方得休歇。未得已前，常自思維，我今已幾歲？不知我未託生來南閻浮提時從什麼處來。心頭黑似漆，並不知來處。既不知來處，即是「生大」。我百年後死時，卻向什麼處去。心頭依舊黑漫漫地，不知去處。既不知去處，即是「死大」。謂之無常迅速，生死事大。」你諸人還曾恁麼疑著麼？現今坐立儼然，孤明歷歷地，說法聽法，賓主交參。妙喜簸兩片皮，牙齒敲磕；臍輪下鼓起粥飯氣，口裡忉忉怛怛，在這裡說。說者是聲。此聲普在諸人髑髏裡，諸人髑髏同在妙喜聲中。這個境界，他日死了，卻向什處安著？既不知安著處，則撞入驢胎馬腹亦不知，生快樂天宮亦不知。禪和子尋常於經論上收拾得底，問著無有不知者；士大夫向九經十七史上學得底，問著亦無有不知者。離卻文字，絕卻思惟，問他自家屋裡事，十個有五雙不知。他人家事卻知得如此分曉！如是，則空來世上打一遭，將來隨業受報，畢竟不知自家本命元辰落腳處，可不悲哉！所以古人到這裡，如救頭然，尋師抉擇，要得心地開通，不疑生死。……知趙州老人道「未出家，被菩提使；出家後，使得菩提。汝諸人被十二時使，老僧使得十二時。」又云，「佛之一字，吾不喜聞。」佛之一字尚不喜聞，達摩灼然是甚老臊胡！十地菩薩是擔糞漢！等妙二覺是破凡夫！菩提涅槃是繫驢橛！十二分教是鬼神簿拭瘡膿紙！四果三賢初心十地是守古塚鬼！你既不到這個田地，是事理會不得也。學人麤走大步，便把一句子禪，要只對人。且不是這個道理。所以妙喜室中常問禪和子：「喚作竹篦則觸，不喚作竹篦則背。」不得下語，不得無語，不得思量，不得卜度，不得拂袖便行。一切總不得。你便奪卻竹篦；我且許你奪卻，我喚作拳頭則觸，不喚作拳頭則背，你又如何奪？更饒你道個「請和尚放下著」，我且放下著。我喚作露柱則觸，不喚作露柱則背，你又如何奪？我喚作山河大地則觸，不喚作山河大地則背，你又如何奪？……我眞個要你納物事，你無從所出，便須討死路去也。或投河赴火，拚得命，方始死得。死了卻緩緩地再活起來。喚你作菩薩，便歡喜；喚你作賊漢，便惡發：依前只是舊時人。

——《語錄》卷十六，《大藏經‧騰八》，頁七二。

宗杲集子裡還有許多白話的信札，其內容也是極好的。我就舉他〈答呂隆禮〉一篇中的一段如下：

令兄居仁兩得書，爲此事甚忙。然亦當著忙，年已六十從官又做了。更待如何？若不早著忙，臘月三十日如何打疊得辦？……措大家一生鑽故紙，是事要知，博覽群書，高談闊論：孔子又如何？孟子又如何？莊子又如何？周易又如何？古今治亂又如何？被這些言語使得來，七顚八倒。諸子百家才聞人舉著一字，便成卷念將去，以一事不知爲恥。及乎問著他自家屋裡事，並無一人知者！可謂「終日數他寶，自無半錢分」，空來世上打一遭！……士大夫讀得書多底，無明多；讀得書少底，無明少。做得官小底，人我小；做得官大底，人我大。自道，我聰明靈俐，及乎臨秋毫利害，聰明也不見，靈俐也不見，平生所讀底書，一字也使不著。蓋從「上大人，丘乙已」時，便錯了也。

——《語錄》卷十六，《大藏經‧騰八》，頁一〇一

我們看了這種絕妙的白話，再來看程頤、尹焞等人的儒家語錄，便覺得儒家的語錄，除了後來

陸、王一派的少數人之外，遠比不上禪門的語錄。因此，我們在這裡便不再舉儒家的例子。

白話語錄的功用有兩層：一是使白話成爲寫定的文字，二是寫定時把從前種種寫不出來的字都漸漸地使其有公認的假借字。從此以後，白話的韻文（與文）與散文兩方面都有了寫定的文字。

宗杲和尚死時，已是南宋孝宗元年了（西元一一六三年）。禪宗的語錄仍舊繼續地使用白話，但後來的禪宗便沒有什麼創造性的大人物。以後禪宗的文學因襲的多，創作的少，在文學史上不能占什麼重要地位了。但南宋是道學發達的時代，朱熹與陸九淵兩大派同時並起，使中國近代哲學開一個很熱鬧的時代。朱熹與陸九淵都是古文的好手，但他們講學的語錄有許多很好的白話文。這一個時代的白話語錄不少，但我們只能舉這兩人爲例。由於陸九淵（字子靜，金溪人，人稱象山先生，生於西元一一三九年，死於西元一一九二年）較早過世，故我們先舉他的白話語錄如下：

1. 今之論學者，只務添人底，自家只是減他底。此所以不同。
2. 一夕步月，喟然而歎。包敏道侍，問曰，「先生何歎？」曰：「朱元晦泰山喬嶽，可惜學不見道，枉費精神，遂自擔閣，奈何？」包曰：「勢既如此，莫若各自著書，以待天下後世之自擇。」忽正色厲聲曰：「敏道，敏道，恁地沒長進！乃作這般見解。且道天地間有個朱元晦、陸子靜，便添得些子，無了後便減得些子。」
3. 大綱提掇來，細細理會去，如魚龍游於江海之中，沛然無礙。

4. 大凡爲學須要有所立。《語》：「己欲立而立人。」卓然不爲流俗所移，乃爲有立。須思量天之所以與我者是甚底？爲復是要做人否？理會得這個明白，然後方可謂之學問。

5. 「仰首攀南斗，翻身倚北辰，舉頭天外望，無我這般人。」（此乃禪宗的詩）今有難說處。不近前來的又有病，近前來的又有病。世俗情欲的人，病卻不妨；只指教他去彼就此。最是於道理中鶻突（即糊塗）不分明底人，難理會。某平生怕此等人。世俗之過卻不怕。

6. 凡事莫如此滯滯泥泥。某平生於此有長，都不去著此事，凡事累自家一毫不得。每理會一事時，血脈骨髓都在自家手中；然我此中卻似個閒閒散散全不理會事底，人不陷事中。

7. 學者須是打疊田地淨潔，然後令他奮發植立。若田地不淨潔，則奮發植立不得。……田地不淨潔，亦讀書不得。若讀書，則是假寇兵，資盜糧。

8. 令人略有些氣焰者，多只是附物，元非自立也。若某則不識一個字，亦須還我堂堂地做個人。

9. 士不可不弘毅。譬如一個擔子，盡力擔去，前面不奈何，卻住無怪。今自不近前，卻說道擔不起：豈有此理？

10. 古人精神不閒用。不做則已，一做便不徒然，所以做得事成。須要一切蕩滌，莫留一些方得。

11. 大世界不享，卻要占個小蹊小徑子；大人不做，卻要爲小兒態！可惜！

這種體裁與口氣都是臨濟宗的門風。我們看《象山語錄》裡最精彩的話語都是白話的形式，就可以想見白話的功用了。朱熹（字元晦，婺源人，生於西元一一三〇年，死於西元一二〇〇年）的語錄最多，我們也舉其一些最精彩的例子如下：

1. 書不記，熟讀可記；義不精，細思可精。惟有志不立，直是無著力處。只如而今貪利祿而不貪道義，要做貴人而不要做好人，皆是志不立之病。直須反復思量，究見病痛起處，勇猛奮躍，不復作此等人；一躍躍出，見得聖賢所說，千言萬語，都無一句不是實語，方始立得此志。就此積累功夫，迤邐向上去，大有事在。

2. 直須抖擻精神，莫要昏鈍，如救火治病，豈可悠悠歲月！

3. 學問須是大進一番，方始有益。若能於一處大處攻得破，見那許多零碎，只是這一個道理，方是快活。然零碎底非是不當理會；但大處攻不破，縱零碎理會得些少，終不快活。曾點漆雕開已見大意，只緣他大處看得分曉。今且道他那大底是什物事。天下只有一個道理，學只要理會得這一個道理。這裡才通，則凡天理、人欲、義利、公私、善惡之辨，莫不皆通。

4. 知得如此是病，卻便不如此是藥。若更問何由得如此，則是「騎驢覓驢」，只是一場閒話矣。……《傳燈錄》云：「參禪有二病：一是騎驢覓驢，一是騎驢不肯下。此病皆是難醫。若解下，方喚作道人。」又云：「不解即心是佛，眞是騎驢覓驢。」

5. 或問理會應變處。曰，今且當理會「常」，未要理會「變」。常底許多道理，未能理會得盡，如何便要理會變？聖賢說話，許多道理，平鋪在那裡，且要闊著心胸平去看；通透後，自能應變。不是硬捉定一物，便要討常，便要討變。今也須如僧家行腳，接四方之賢士，察四方之事情，覽山川之形勢，觀古今興亡治亂得失之跡，這道理方見得周遍。「士而懷居，不足以爲士矣。」不是塊然守定這物事在一室，閉戶獨坐便了，便可以爲聖賢。自古無不曉事情底聖賢，亦無不通變底賢，亦無閉門獨坐底聖賢。聖賢無所不通，無所不能，那個事理會不得？……雖未能洞究其精微，也要識個規模大概，道理方浹洽通透。若只守個些子，捉定在那裡，把許多都做閒事，便都無事了，——如此，只理會得門內事，門外事便了不得。所以聖賢教人要博學，須是博學之，審問之，愼思之，明辨之，篤行之。……這道理不是只就一件事上理會見得便了。學時無所不學，理會時卻是逐件上理會去。凡事雖未理會得詳密，亦有個大要處。縱詳密處未曉得，而大要處已被自家見了。今公只就一線上窺見天理，便說天理只恁地樣子，便要去通那萬事，不知如何通得？

白話散文在禪宗語錄和儒家語錄裡，已算是發展到很高的程度。但後來白話小說的發達，卻不是從禪宗和儒家的語錄發展來的，且還要經過一個很長又不成熟的歷程。這是因何原故呢？第一，因爲禪宗和儒家的語錄體都只是一種工具，不是一個目的。那班和尚和那班理學先生並不曾想作白話文學，他們只是要講學和講道理。而閱讀的人也只注重語錄的內容，並不注意它們的文學價值。故語錄中雖有很好的散文，它們卻不曾成爲散文的白話文學的出發點。即如今日許多作白話散文的人，也都是跟著小說學的，而沒有跟唐宋明的語錄所學。第二，禪宗和儒家的語錄，終究是少數思想階級的專有品，普通百姓完全不懂他們說的「公案」、「話頭」、「尊德性」、「道問學」是什麼意思。因此，語錄體雖然發達了，老百姓的白話散文還是要從不成熟的散文作起。向來的學者都以爲白話小說起於宋朝，其實不然。《宣和遺事》一類的小說，都是北方的作品，與語錄體的發達是沒有關係的。

第七章　南宋以後國語文學的概論

從西元一一四〇年（按：即宋高宗紹興十年，稱臣於金）到西元一二三四年（按：即宋理宗端平元年，金亡），這一百年爲北金南宋分立（裂）的時期。但十三世紀初年時，北方又來了一個新民族，——蒙古民族，——是歷史上一種最厲害的民族。在十三世紀的上半，蒙古南面征服了女眞（金），北面征服了俄羅斯，成吉思汗的威名遂震動了歐亞兩洲。從西元一二三四年到西元一二八〇年（按：即元世祖至元十七年，宋亡），這四十多年中，是北元南宋分立（裂）的時期。這一百四十年的分裂，——西元一一四〇年至西元一二八〇年，——表面上雖然因元世祖（忽必烈汗）的併吞宋國而復歸統一，但實際上並不曾統一。文化上的分裂依舊存在。南方仍舊是中國古文化的避難地，種族上並沒有起什麼大變化，所以文化上也沒有大變化。北方便不同了，北方本來在南北朝時已吸收了許多新民族；唐以後，經過了契丹、女眞、蒙古三大侵入，疆土上產生了許多變化，民族的遷徙和人種的混合又發生了無數變化。若從中國的舊文明來看，北方自然不如南方了；中國的哲學中心和舊文學的中心，從此以後，則永不在長江流域以北了。但從大處著想，北方也不曾吃虧：第一，北方的民族，受了新民族的加入，體力上確實進步了；第二，民族的遷移與混合，把中國北方的語言打通了，使中國北方的語言漸漸成爲一種大同小異的語言，使中國的國語有一個很偉大的基礎；第三，舊文學跟著舊文化跑到南方去了，舊文學在北方的權威漸漸地減少，對於那些新來的、勝利的、統治的民族，舊文學更是沒有權威了。遼金的科舉都很不注重；元滅金以後，科舉只舉行過一次（西元一二三七年，按：當元太宗時，即宋理宗嘉熙元年，金亡後三年），以後科舉停止了差不多八十年，直到西元一三一四年（按：即元仁宗延祐元年），方才繼續舉行。只此一端，我們便可以想見舊文學權威的掃地了，在這個舊文學權威掃地的時候，北方民間的文學漸漸地嶄露頭角，漸漸地揚眉吐氣了。小說、小曲、戲劇，都是這個時代的北方出產品。我不能說這三門都起於北方，但北方文人確然把這三門當作正經事業做，不像南方文人把他們只當作玩意兒來看，這是特點之一。另一個特點是北方的文學作品，用的多是白話，是白話的文學，不像南方的文人愛咬文嚼字。

因此，我們可以說，自宋朝南渡到元朝末年，——西元一一四〇年到西元一三七〇年（按：即明太祖洪武三年，元帝駕崩）——這兩百多年是文化上南北分裂的時期。明太祖起兵於南方，打平了群雄，平定了中原，趕走了蒙古人，定都於金陵。這時候，南北的文化已漸漸地有接近的樣子。到明成祖遷都北京以後，文化的統一更容易了。北方的雜劇風行以後，南方文人也跟著作雜劇了；北曲漸漸地南方化，而南曲漸漸地興盛起來了。這是一個很明顯的趨勢。小說風行以後，南方文人也跟著作小說了；起初還是南方人作北方的小說，——歷史演義居多——後來變成是南方人作南方的小說了，——英雄的小說變爲才子佳人的小說，這也是一個很明顯的趨勢。

在文學史上看起來，文學的南方化是一件不幸的事。明初規定用八股爲科舉的文字，這事的弊害已是不言而喻。在這科舉競爭的制度之下，南方人大占勝利；會試時須分南卷和北卷，若南北平等待遇，南方人則更加勝利了。明清兩代的文學完全是南方人的文學。六百年來，有幾個大文學家是北方人？文學的南方化的結果是貴族文人的文學又占勝利。元朝的白話文學幾乎成爲正統的文學了。明初以後，白話文學又被推翻，退居到「旁門小道」的地位。於是有文學復古的運動，激烈地想回到秦周，或是退一步地要回到漢魏，最平和地也要回到唐宋八家。直到清朝，這個趨勢還在：一方面是唐宋八家的古文派得勝，產生了桐城、陽湖的古文宗派；一方面是文學復古的餘波，產生了清朝的許多駢文大家。

這是明清六百年間古文文學的大勢。但是白話文學不是這樣容易壓得下的。它是一個不倒翁，跌倒自然會爬起。它是一個皮球，你把它壓下去了，你的手一拿開，它又彈起。它是深山裡的大樹，沒人理睬它，它最高興，因爲它可以自由生長；等到你去尋找它時，它已成了十人還抱不過來的大樹了，你不能不尊敬它，沒有別的話說，只好請它做棟樑了。

當明朝許多才子名士拍桌跳腳，爭論秦漢唐宋的時候，中國文學界裡產生了無數的白話小說。說也奇怪，這些白話小說既不能考取秀才，又不能舉孝廉方正，卻偏偏有人愛閱讀它們。小孩子不愛讀

「子曰學而」，偏愛看小說；小童生不愛讀《新科墨選》，偏愛看小說；少女們不愛看《列女傳》，偏愛看小說；老百姓不愛讀縣官催錢糧的告示，偏愛看小說。朝廷不用小說考取秀才，學堂不准學生看小說，但小說自己會出現在小學生的抽屜裡，會跑進少女們繡房裡去。到後來到處都是小說了。那班當日努眼揮拳、拍桌跳腳、爭論漢魏唐宋的才子名士們抬頭一看，——不好了！——也就逃不出這個小說世界去了。於是他們當中那些大覺大悟的人也就不能不老老實實的宣言道：「《水滸傳》可比《莊子》、《離騷》、《史記》、《戰國策》！」「天下之文章無有出《水滸傳》右者，天下之格物君子無出施耐庵先生右者！」（金聖歎語）

明代是小說發達的時候，亦是白話文學成人的時代。小說是北方的文學，吾人看小說用的白話，便知它是北方作品。北方的白話文學三門，雜劇被南方人改成又長又酸的「傳奇」了；小曲被南方人的古典文學遮蓋住了；只有小說仍舊是北方人的作品居多，南方人如羅貫中之流也不能不用北方的通行語言來作小說。大概起初這種小說總是北方人看得多，故這一類的白話書可說是本來為北方人作的。上海涵芬樓藏有一部《直說通略》，是元朝監察禦史鄭鎮孫編的；《通略》乃是《通鑑》之略，是一部白話的歷史演義。涵芬樓所藏乃明成化庚子重刊本，有一篇失名的序，說明原著者所以作這部白話的歷史小說，是因為他「適當胡元夷俗之陋，而處中華文明之域，□□為之不同，語言為之不通，向非因諸舊史，易以方言，則天下貿貿焉莫知所考。」我們看元明兩朝的小說，最初產生的全是歷史演義。從不成熟的《五代史平話》、《宣和遺事》到發展完全的《三國志演義》，都屬這一類。這類演義起初本是一種通俗歷史教科書，後來放手去做，方才有不依照舊歷史的歷史小說，這是小說的第一期。到了《水滸傳》、《西遊記》等產生，小說便不僅是通俗教科書了，便眞成了文學的一大門類，進而使文人學士起敬重之心，這是小說的第二期，但這個時期的小說作者還是無名的。到了清朝，雁宕山樵陳忱的《水滸後傳》，吳敬梓的《儒林外史》，曹雪芹的《紅樓夢》，李汝珍的《鏡花緣》，便都是有作者姓名的小說了，此爲小說的第三期。到了清末，吳趼人、李伯元、劉鶚一班人出來，專作社會小說，則是小說的第四期。

小說的發展史上，有一件最幸運的事：小說不曾完全南方化。南方化的小說也是有，如多才子佳人的小說，如《珍珠塔》、《雙珠鳳》一類的彈詞；但南方化的小說卻沒有任何價値，在文學史上所占地位不高。除此以外的重要小說，都是南方人得力於北方小說，用北方或中部的語言所作，——如《水滸後傳》與《儒林外史》。清末的小說家，雖都是南方人，也就不能不用北方或中部的語言來作書了。小說的發展史便是國語的成立史；小說的傳播史便是國語的傳播史。這六百年的白話小說便是國語文學的大本營，便是「無數的無師自通」的國語實習所。

這南宋以後至今七、八百年間的國語文學，總結起來可分兩段；每段之中，又可分出一些小項目來：

(一)第一段：南北分裂的時期（西元一一四〇年至西元一三七〇年）：

1.南宋與金、元對立的時期。

2.元朝統一之下的南北文學。

㈡第二段：統一時期（西元一三七〇年至西元一九二〇年）：

1.詩、詞、曲的變遷。

2.戲劇的變遷。

3.小說的發達。

Note

Note

大家講堂 028

國語文學史

作　　者 — 胡　適
叢書策劃 — 蘇美嬌
企劃主編 — 黃惠娟
責任編輯 — 魯曉玟
封面設計 — 姚孝慈
出 版 者 — 五南圖書出版股份有限公司
發 行 人 — 楊榮川
總 經 理 — 楊士清
總 編 輯 — 楊秀麗
地　　址 — 台北市大安區 106 和平東路二段 339 號 4 樓
電　　話 — 02-27055066（代表號）
傳　　真 — 02-27066100
劃撥帳號 — 01068953
戶　　名 — 五南圖書出版股份有限公司
網　　址 — https://www.wunan.com.tw
電子郵件 — wunan@wunan.com.tw
法律顧問 — 林勝安律師
出版日期 — 2013 年 2 月初版一刷
2024 年 11 月二版一刷
定　　價 — 360 元

國家圖書館出版品預行編目資料

國語文學史 / 胡適著 . -- 二版 . -- 臺北市：五南圖書出版股份有限公司, 2024.11
面；　公分
ISBN 978-626-393-111-4(平裝)

1. 中國文學史　2. 白話文學史

820.9　　113002186